すべてわたしがやりました

南綾子

祥伝社

すべてわたしがやりました

目次

すべてわたしがやりました　5
オパールの涙　43
あたたかい我が家　107
運命のストーリー　145
ホタルの群れは魔法みたいに　203

装画　川島秀明『nirvana』（2008）
Ron van der Vlugt 氏 & Angelique van Dam 氏蔵（オランダ）

装幀　アルビレオ

すべてわたしがやりました

家の電話が鳴った。

桐山敦子《きりやまあつこ》は皿を洗う手を止め、キッチンを出ようとした。するとリビングのソファでのんびりコーヒーをすすっていた横川弘樹《よこかわひろき》が、あわてた様子で立ち上がり、敦子と競うようにして電話の子機をとった。「ああ、俺、俺」と答えながら、彼はそのままばたばたとリビングダイニングを出ていった。

「何の電話だったの？」

数分して戻ってきた弘樹の顔を見ずに聞いた。「また、お義母《かあ》さんから？」

「うん」

「で、何の話？」

「いや、来月の法事の話だよ」弘樹も背を向けたままで答える。

敦子はそれきり何も聞けなかった。

弘樹はコーヒーが残ったマグカップをテーブルにおき、ジャケットを羽織ると、「じゃあ」とかすれた声で言って家を出て行った。

ドアの閉まる音。水を止めると、しんと部屋が静まり返る。

大丈夫、大丈夫。

……とはとても思えない。

どう考えたって、変だ。

このところ、毎日のように弘樹の実家から彼宛てに電話がかかってくる。以前は週に一度あればいいほうだった。

昨日の夜もかかってきた。弘樹は今朝と同じようにコソコソと敦子から離れ、三十分近くも母親と話していた。リビングに戻りながら、「次は携帯にかけて」と怒って言っているのが聞こえた。

約一年前、十五歳年上の弘樹とともに暮らし始めたときから、敦子と彼の両親との関係はきわめて良好だった。とくに六十七歳の母親の陽子《ようこ》とは、月に何度か二人でランチに出かけるほど仲がいい。

しかし、最近の陽子は明らかに自分を避けている。三日前、前から陽子が行きたがっていたイタリア料理店のランチバイキングに誘ったら、友達と約束があるからと断られてしまった。そんなことははじめてだった。

以前は陽子が家の用事で電話をかけてきて敦子が出ると、すぐに他愛もない雑談がはじまり、そのまま一時間以上の長話になることもざらだった。それなのに最近は、敦子が出てもろくに話もしないまま、すぐに弘樹に代われと言ってくる。

やっぱり、おかしい。何かが変だ。

陽子だけでなく、弘樹もそうだ。ここ数日、心なしか態度がよそよそしい。

家族が自分を避けている。

心当たりが、ないわけではなかった。

二週間前の月曜日。北海道に嫁いだ弘樹の姉から届いた野菜を分けてもらうため、隣の市にある彼の実家へ、久々に一人で出かけた。

築三十年の木造一戸建ての家は、三年前にやっとリフォームを済ませて以来、雨漏りに悩まされなくなった。いずれは弘樹が譲り受けるという話になっているらしいが、駅から遠く、近くに建つ十五階建てマンションのせいで日当たりがかなり悪い。こんなボロ家をもらうぐらいなら、中古であろうと今のマンションのほうがマシだと敦子は思っている。

父親の一樹《かずき》は元市バスの運転手、母親の陽子はパート勤めをしながら、二人の子供を育てあげた。陽子は料理が得意で、一時期は料理教室の講師をしていたという。その日は、手製の冷やし中華と野菜の煮びたしをふるまわれた。それらを食べながら、再来月の十一月に料理教室時代の仲間とイタリア旅行へいく予定があることを、陽子はうれしそうに話した。ところが、なにげなく敦子が「お義母さん、パスポートの期限は大丈夫ですか」と尋ねると、陽子は急にあわてだし、期限どころかパスポート自体をどこにしまったか忘れたと言った。陽子は料理上手で家事も丁寧だが、少々抜けているところがあって、弘樹によれば昔から忘れ物や失くし物が多いという。すぐに、パスポートの大捜索がはじまった。まず、陽子が一階の夫婦の寝室、敦子がリビング周辺を見てまわることになった。

敦子はリビングの隅々まで探した。が、パスポートは出てこなかった。そのかわりに、ボロボロになったやたらと分厚い封筒を、テレビ台の一番目の引き出しの奥に発見した。中をのぞくと三十枚ぐらいの一万円札が入っていた。

その瞬間、頭の中を白い霧が覆ったようになり、正しいことは何も考えられなくなった。気がつくと、封筒ごと自分のバッグの中に入れていた。

その後は何事もなかったように、昼食の後かたづけを手伝い、陽子手製の菓子を食べ、野菜をもらって帰宅した。

家に帰って一人になってから、人の金を盗んだのは、何年ぶりだろうと考えた。はっきり思い出せなかった。

しかし、はじめて盗みをしたときのことは、今でも鮮明に思い出せる。

小学二年のときだ。祖母の財布から、千円札を三枚盗んだ。理由はなかった。周りに誰もいないときに、たまたま財布が目に入ったので、盗った。そのまますぐに二千円を自分の貯金箱にしまい、残りの千円は近所の自販機でジュースを買って崩した。その小銭を持ってスーパーへいき、ポテトチップスを一袋買って、住んでいた市営住宅の隣の公園で食べた。金を崩したのは、子供の自分が千円札を持っているところを大人に見られて怪しまれたり、祖父母に告げ口されるのを防ぐためで、ポテトチップスしか買わなかったのも同じ理由だった。

そうして三千円を、一月ほどかけて使い切った。祖父母にはまったく気づかれなかった。

五ヶ月後、今度は祖父の財布から千円札を二枚抜いた。さらに三ヶ月後、祖母の財布から千円札一枚を、次は半年おいて、祖父の財布から千円札三枚を盗った。以降、小学校四年の夏休みまで、定期的に祖父母の金を盗み続けた。一度だけ、「財布の金が減っている気がする」と祖父が言ったことがあったが、祖母に「気のせいだ」と鼻であしらわれ、それきり、祖父も怪しむようなそぶりを見せることはなかった。

毎回、短くても三ヶ月は間隔をあけた。盗む額は三千円以内にとどめた。他、ばれないためのあらゆる画策を、幼い敦子はほとんど無意識のうちにやっていた。

自分のこのぬかりない性質は、生い立ちが影響しているのかもしれないと思う。小学校に上がるまで、祖父母宅と親戚宅をたらいまわしにされ、たくさんの大人の行動を一人で観察し続けた。が、ほとんどは生まれながらに持っていたものなのだろう、とも思う。祖父母によれば、敦子をおいて蒸発した母親は、子供の頃から嘘が下手で頭の出来も悪かったらしいが、東京のヤクザだという父親は、詐欺や窃盗で何度も捕まっているという。父親については写真すら見たことがないので、本当の話なのかどうかはわからない。でも祖父も祖母も、人をだますのが得意なタイプではなく、どちらかというと人にだまされるほうだった。だから自分は、父の血を強くひいているのだろうと敦子は思う。

祖父母の財布から金を盗むことをやめたきっかけは、万引きを覚えたからだった。

短期間に同じ店で繰り返さない。三点以上は盗らない。危険を察知したら欲張らずにやめる。それらを守るだけで、大人の目は簡単にかいくぐれた。友達と一緒にやったときに、友達がしくじって捕まりかけたことが一度ならず数度あったが、運がよかったのかいずれも逃げおおせた。

盗るものは何でもよかった。値段も大きさも関係ない。盗りやすかったリップクリームはどんどんたまってしまうので、盗ったそばから道端に捨てていた。必要なものは祖父母からの小遣いで買う。ただただ、人の目を盗んで物を奪いたかった。単純に、楽しかった。

ところが十七歳のとき、あることがきっかけで敦子は万引きや盗みをすっぱりとやめることになる。そのまま町を出て、数年間、いつ死んでもおかしくないような生活を送った。盗みには飽き飽きしていた。だからといって、ほかに何か生きる楽しみがあるのでもなく、将来の目標もなく、これといってほしいものもない。流れるように日本中あちこち回って、気づくと何のゆかりもない中部地方の都市で敦子は風俗嬢になり、ヤクザの情婦になった。薬もやった。人が人を殺すところを二度見た。弘樹と出会ったのは二十六歳のとき、最初は嬢と客という関係だった。家電量販チェーン店でパソコンを売っているという弘樹は、小太りでいかにもさえない中年男といった感じだったが、自分を指名する客の中で一番無口でおとなしかったので、気に入っていた。

店に通いだして一年がたつころ、弘樹は敦子をデートに誘った。うれしくもなかったが、嫌でもなかったので断らなかった。五度目のデートではじめて彼の家に招かれ、手製の料理で優しくもてなされた。何度かそんな風にして過ごし、あるとき、自分には子供のころから、ずっとずっと心底ほしかったものがあったと気づいた。温かい食卓が当たり前にある家庭。麻雀《マージャン》狂の祖父母との生活は、家族の団らんとはほど遠いものだった。古い市営住宅の部屋の中は、常に寒かった。いつも一人で、何でもやっていた。子供のときからずっとそれがほしかった。あまりに陳腐な願い。でもそれが、素直な気持ちだった。

それから間もなくして同棲《どうせい》生活がはじまり、敦子は風俗業から足を洗った。

弘樹は安月給の上、前回の結婚時に購入した中古マンションのローンも残っており、決して暮らしは楽ではない。しかし、敦子には働かずに家にいることを、彼は強く望んでいる。はっきり言葉にして言われたわけではないが、働いて金を手にすることで、以前のような不埒《ふらち》な生き方に流されてしまうのではないかと恐れているようだ。彼の前妻は生活のためといってホステス勤めをし、あるとき店のボーイと家出した。

不自由であっても余裕はなくても、今の生活が敦子のすべてだった。風俗嬢の頃は贅沢《ぜいたく》な暮らしを送ったこともあったが、幸せだと思ったことはなかった。だから金など、それほど必要ない。ただただ、平和に暮らしたい。もう死んだように生きるのはまっぴらだった。それに、自分の過去を丸ごと受け入れてくれるような男をまた一から探し出すのは、あまりにも面倒臭い。だから弘樹を、今の暮らしを、なんとしてでも守りたい。

そう心から願っているのに、なぜあんなことをしてしまったのか自分でも全くわからない。魔が差した、としか言いようがなかった。三十万円近くの大金など、盗んだことがバレたら大変なことになる。子供のときから、危険な橋は絶対に渡らないようにしていた。

はずなのに、やってしまった。

なんだかここしばらく、心がふわふわして落ち着かないときがある。理由ははっきりわからない。あの日はとくにそうだった。いつか、何年も前、こんなふうに原因もわからず落ち着かない気分になり、そのときも大きな失敗をしでかした。


また、心がふわふわしている。

パリスモール山川《やまかわ》店の一階店内を、もう五周は回っている。

盗みたくて仕方がない。

もう何年も万引きなんかしていないのに、なぜなのか。

今から数十分前に、弘樹の実家で起こったできごとのせいかもしれない。前から貸してほしいと陽子に頼まれていたオペラグラスを渡しに、連絡もせずに会いに行った。最近の自分に対するそっけなさが気のせいなのかどうか、実際に顔を見て確かめてみる目的もあった。

いつものように勝手に玄関の戸をあけると、来客の気配があった。すぐに、部屋の奥からどたどたと足音が聞こえ、姿を現したのは、陽子の妹の時子《ときこ》だった。

「ああ、あっちゃんかー」と時子はまるまる太った胸元をおさえつけるようにして言った。ひどくあわてている様子だった。「どうしたんですか」と尋ね、返ってきた言葉に、一瞬、目の前が暗くなった。

「実はね、さっき姉さんから電話がかかってきて、うちに泥棒が入ったって言うんだわ」

唖然《あぜん》とする敦子に、時子はさらに続けて、

「もしかして、その泥棒がやってきたのかと思って、びっくりしたがね。あー、あっちゃんでよかった」と言った。

時子に、これから陽子と警察にいくから、一緒にきてほしいと頼まれたが断った。結局、一歩も家に上がらずに車に戻った。オペラグラスも渡しそびれた。

そのまま自宅には戻らないで、敦子は隣町のパリスモール山川店へ向かった。明るい照明、白い床、うるさい店内放送、隅から隅まで並んだ色とりどりの商品、三足千円の靴下、鍋のふた、柔軟剤、油、リップクリーム、猫の餌《えさ》。なんでもいい。とにかくスーパーへいきたかった。店の駐車場に車をとめると、はやる気持ちにリズムを合わせるように早足で歩き、オレンジ色のかごをひっつかんだ。

盗りたい。

目の前に、さまざまな種類のリップクリームが並んでいる。

直径四センチぐらいの銀色の丸い容器の商品に、ねらいを定めた。個装はなく、値札シールが裏側に直接はりつけてある。フックにひっかけてあるのではなく、小さなかご型の容器の中に入れられており、手にとりやすそうだ。目だけを動かして、すみやかに周りを確かめる。手にとった。そのまま、指と手のひらと手首を器用に動かして、カーディガンの袖の中に入れた。涼しい顔で歩き去る。生活用品フロアを抜け、レジの横を通って食品フロアに戻ると、盗ったリップクリームを肩にかけているトートバッグに入れた。

たまたまそばにあったねぎとえのきたけをかごに放り込み、レジに直行した。会計を終えると、ねぎとえのきたけを持参したエコバッグに入れ、いつも通りの歩調で出口に向かう。自動ドアの向こうに、奇跡のように真っ青な空と真っ白い雲が見えた。

今回限りにしよう。二度とやらない。もっと盗りたい。正直、今、とても気分がいい。もっとたくさん盗ったら、もっと気持ちがいいはず。油、マグロのさく、キッチンペーパー、柔軟剤、生理用品、綿棒、目薬。なんでもいい。なんでもいいから、盗りたい。だけど我慢しなくちゃ。一度ハマったらもうやめられなくなってしまう。でもやりたい。今度は違う店にいってやろう。今日は一品盗ったから次は二品。そうして毎回店を変えれば、きっとバレない。毎日はダメだから、月に一度。いや、二週に一度。

歩きながら目を閉じる。大丈夫、絶対にバレない。うまくやれば誰にもバレないはず。だって子供のときもそうだったから。バレたって、弘樹なら許してくれる。ふうと息を吐き、まぶたを開くと、目の前に白い顔をした男が立っていた。

「ちょっと事務室まできてもらえます？」

男はまったく抑揚《よくよう》をつけずにそう言った。男の後ろには、同じように白い顔をした背の高い女が立っていた。

「あなた、バッグの中に入れたもの、レジ通しとらんでしょ」

数秒おいて、すべてを理解した。背の高い女が敦子の背後に回り、背中をそっと押した。敦子は二人に付き添われて歩きだした。周りの視線などまったく気にならなかった。なぜばれたのか、そればかりが頭の中をぐるぐる回った。なんで。なんで。なんで。絶対にうまくやったと思ったのに。今まで一度もバレたことなんかないのに。

小さな事務室のパイプ椅子に敦子が座ると、フロア長だと名乗った顔の白い男はいきなり大きな声を出した。お子さんはいらっしゃるの？　旦那さんが悲しむよ？　フロア長は背が低く、隣に立つ女の店員の腿《もも》の位置に腰がある。髪を真ん中分けにしていて、えらが大きく張っている。

何も考えられなかった。バッグの中のものをすべて出しなさい、と言われ、敦子は一切の抵抗をせずにテーブルの上でトートバッグをひっくり返した。

ばたばたっと、音を立てて荷物が落ちてくる。敦子は目を見張った。財布やポーチ、ねぎとえのきたけの入ったエコバッグ、万引きしたリップクリームなどと一緒に、海苔《のり》のつくだ煮の瓶とチャーハンの素と袋入りの錦糸《きんし》卵と桜でんぶが出てきたのだ。

「こっちの袋に入っとるやつは、会計済ましたやつだがんね？」フロア長はエコバッグの中身を勝手に出しながら、子供に諭《さと》すように言った。「それで、これとこれとこれとこれ、あとこのリップクリーム、これは何？　説明してくれん？」

「あの、すみません。これは会計せずにバッグに入れました。ついうっかり」敦子はリップクリームを指さし、正直に言った。今気づいたが、桃のゼリーの香りがついているらしい。桃と、桃のゼリーと、どう違うのだろう、とまったくどうでもいいことをふと思う。「でも、これとこれとこれとこれは、しりません。なんで……バッグの中に入っているのか」

「今さら、悪あがきしたらいかんわ。そんなデタラメで自分の罪が軽くなるとでも思っとるの？……ちょっと、いい大人が、ぐずぐず泣かんといてよ。恥ずかしい人だねえ」

しかし、敦子は涙がこみあげるのをどうしても抑えきれなかった。海苔のつくだ煮もチャーハンの素も錦糸卵も桜でんぶもまったく身に覚えがない。ならば、なぜ自分のバッグに入っているのか。ぐるぐると店内を回っている間、無意識のうちに盗ってしまったのだろうか。つい、昔の手癖が出てしまったとかで？　はっきり否定はできない。陽子の家の金を盗むのだって、ほとんど無意識に近かった。

「あのね、うちの女子店員が見とるの。あんたがこれらをバッグに入れるところ」

フロア長は横に立つ背の高い女の店員を見た。女は腕を組み、表情の消えた顔で敦子を見下ろしている。左目の横に黒豆サイズのほくろがあり、そこからとても太い毛が一本生えている。

敦子は自分に生じた誤解を解こうと、リップクリームに関すること以外の身の潔白を主張し続けた。が、まったく信用してもらえず、ついには警察に通報された。

やがて現れた警察官に警察署まで連れていかれた。初犯で被害額も少額なので厳重注意だけだろうと思っていたら、やはりそうなった。

午後八時過ぎになって、弘樹が迎えに現れた。

車のカギは店に預けてあった。弘樹はそれを引きとってきてくれていた。二人は無言で車に乗り込んだ。

敦子はずっと、窓の外へ顔を向けていた。見慣れた景色がスピードにのって流れていく。店名が剝《は》げかけた中華料理屋の赤い看板、真っ白な外壁のラブホテル、高架下の大きな交差点、無人のガソリンスタンド。生まれた場所から、遠く離れた都市郊外の小さな町。いずれまた、自分はどこかへ逃げ出すのだろうか。過去からは逃れられないのだろうか。いつか必ず、何かの報いがやってくるんだろうか。なんだかんだと、うまくやっていけないのだろうか。

「寂しかったの？」突然、弘樹が聞いた。

寂しいから万引き。家族の愛情に飢えていたから万引き。そんな月並みな、手あかのついた理由で、自分は盗みをはたらいていたのだろうか。なんだかしっくりこない。確かに寂しかったが、それと盗みがつながらない。

ただ盗りたかったから盗った。原因なんてきっと、どこにもない。

「どうしたの？　今日は口数少ないね」

ふいに声をかけられ、あわてて笑顔を作る。「そんなことないよ」と早口で答えた。

「この間、ランチしたときも落ち込んでたじゃん。お姑《しゅうとめ》さんと、まだぎこちない感じなの？」

友美《ともみ》は大きくカットしたショートケーキを頬《ほお》ばりながら、首をかしげる。敦子は友美のまっすぐな視線を避け、ぼんやりと辺りを見回した。間取りは自分のマンションとよく似ている。中古である点も同じ。しかし、部屋の中の雰囲気は大分違う。自分たちの部屋は必要最低限の家具しかなく、掃除も常に行き届いている。敦子は子供の頃から何でも自分でやらされていたので、整理整頓は得意だった。反対に、この家はいつ来ても散らかっていた。今日も玄関にはゴミ袋が天井まで積みあがり、リビングの床は洋服やぬいぐるみ、紙くずなどで足の踏み場がほとんどない。

友美とは数ヶ月前、週に一度のヨガ教室で知り合った。教室ではすれ違ったときに挨拶する程度で、仲良くしている友達グループも違ったが、あるとき、近所のクリーニング店でばったりと会い、後日、友美から誘われて二人でランチを食べにでかけた。以来、週に一、二度の頻度で会うようになった。

二人は同い年で、偶然にも生まれた都道府県も同じだった。友美は西の県境の町、敦子は中心部の県庁所在地出身だが、もっとも、敦子のほうは自分の生まれ故郷の地名を正確には彼女に伝えてはいない。

友美と宅配ドライバーをしている夫は、親戚からこの中古マンションを譲り受けることになったのをきっかけに、地元からこちらに転居してきたという。友美は必死に隠しているものの、言葉にほんのりとなまりを残している。そのせいか、あるいはこの部屋に象徴されるようなおおざっぱな性格のせいか、彼女といると気持ちが落ち着いた。

三歳のときに両親が離婚し、以来ホステスの母親と二人暮らしだったという彼女の育ちに、親近感を抱いているというのもあるのかもしれない。ヨガ教室に一緒に通う専業主婦の友人たちは、育ちも考え方も、すがすがしいぐらいに真っ当だった。住んでいる家も新築マンションか戸建てが多く、室内はオシャレな家具が揃《そろ》っていて、まるで雑誌から飛び出してきたかのよう。一緒にいると、ときどき息が詰まる。敦子はこの町に移り住んで以来、はじめて本当の友達ができたような気がしていた。

「ねえ、わたしのこと、もしかして信用できない？」

友美が突然、低い声で言った。敦子は面食らいながら、「なんで」と答えた。

「だって、敦子ちゃんって、あんまり自分のこと話してくれないんだもん。さみしいな。わたし、敦子ちゃんとはなんでも話せる仲になりたいと思ってるんだけど。だってほかに、こんなに気の合う友達、この町にはいないから」

確かに友美は敦子とは違い、なんでも隠さず打ち明けてくれていた。

中学時代に二度も中絶手術を受けたこと。シンナーに依存していたこと。十代の終わりに、複数の傷害事件を起こし、女子少年院に入っていたこと。

友美と自分の気持ちは同じだと思う。敦子も、もっと友美と親しくなりたかった。思い切って、昔の話をしてみようか。何でもいい。七歳のとき、一度だけ会いにきてくれた母親がすごく美人に見えたこととか。一人で食べるご飯の冷たさとか。

「あの、わたし……」と敦子が切り出すのと、友美が「あっ」と叫んだのは、ほとんど同時だった。

友美がおかわりを注いだばかりのアイスコーヒーのグラスが倒れ、中身が敦子のワンピースの上にこぼれてしまった。

「やだ、どうしよう。ごめん。これ、うちで洗う。ねえ、すぐ脱いで。着替え、出すから」

友美はその場で、強引にワンピースを脱がせようとしはじめた。さすがに敦子は戸惑いながら、「大丈夫、大丈夫」と、服をつかもうとする友美の手を腕で遮《さえぎ》った。

「いいよ、遠慮しないで」

「いや、そうじゃなくて。ここで脱ぐのは、ちょっと……どこかほかの場所、ない？」

「……しょうがないな、じゃ和室で着替えてよ」

急に怒り口調になって友美は言った。しぶしぶ敦子を隣の和室へ誘導すると、いったん姿を消し、ブルーのワンピースと黒いキャミソールを持って戻ってきた。

「中も濡《ぬ》れてるでしょ。今着ているキャミも脱いで渡してね」

そう冷たく言って、友美はぴしゃりと襖《ふすま》をしめた。敦子は動揺しつつも、急いだほうがよさそうだと思った。ばたばたとあわてて着替えると、リビングで待っていた友美に汚れた衣類を渡した。

友美は敦子の顔も見ず、それを乱暴な手つきで受け取り、洗面所へ向かった。

耳の奥で鼓動がどくどく鳴りはじめる。この態度の豹変は一体何？　わたしが自分のことを何も話さないから、腹を立てているの？　それとももしかして、万引きのことをもう知ってい て、打ち明けるのを待っていたのかもしれない。すでに噂《うわさ》になっているのだろうか。この近辺の人はほとんど利用しない、隣町の店だからあまり心配していなかった。が、そういえばここ数日、ほかの友達からもメールがない。偶然かもしれない。でもそうじゃないかもしれない。

なんとなく、今日の友美は会ったときから様子がいつもと違う気がした。やたらと顔をじろじろと見つめてくる。自分の話をしろと迫ってくるのも変だと思ったし、そもそもコーヒーもわざとこぼしたように見えたのだ。

そのときふいに、胸の奥が、ざわざわっとした。正面の窓に、何かが反射しているのが視界に入った。振り返る。リビングのソファの上に置かれた友美のルイ・ヴィトンのバッグ。口があいていて、同じルイ・ヴィトンの長財布の端が覗《のぞ》いていた。頭の中に濃い霧が生まれる。深い森の、大きな湖の周囲にたちこめるような。たちまちすべてを覆って、余計なことは考えられなくなる。遠くからジャバジャバと水の音が聞こえる。バッグまで三歩半。財布をつかみ出し、すばやく中を見る。予想外にも、一万円札が十枚も入っていた。そういえば、今月は二週連続で結婚式の予定が入っていると、いつだったか話していた。盗りすぎたらバレる。一枚だけ抜く。抜いたピン札をすばやく自分のバッグの、コスメポーチの中に入れる。友美のバッグを元の形に戻す。財布の端が、少し飛び出すように。

バタバタと足音が聞こえてくる。敦子はソファに座り、テレビをつけた。時代劇の再放送。

「乾かすのに時間かかるから、また今度渡すね」

「うん。ごめんね」

「いや、もう、こちらこそ。本当にごめんね。わたしって不器用で、旦那とご飯食べているときもしょっちゅうやっちゃうの」

友美は舌を出して笑った。機嫌が直ったようだ。あるいはさっきの不機嫌さは、こちらの気のせいだったのかもしれない。

外廊下の向こうに、魔法のように美しい夕焼け空が広がっていた。背後でドアが閉まる。同時に、緊張の糸が切れ、涙がこみ上げた。空のピンク色と水色と紫色がぐちゃぐちゃに混ざる。エレベーターに乗りこむと、パニックの波のようなものが一気に押し寄せてきて、叫びだしそうになった。混乱しながらも、「友美さんと一緒に晩ご飯を食べることにしますので、遅くなります」と弘樹にメールを打った。今日は飲み会だから夕飯はいらないと、昨日の晩に言われていた。たぶん、弘樹は終電に乗って帰ってくる。でも、それまでに家に帰る気になれるかわからない。このまま家出するかもしれない。家出ならメールなどする必要なかったのに。わたしは何をしているのだろう。

エレベーターをおりてすぐ、電話が鳴った。弘樹からだった。今はまだ会社のはずだ。遅くなるとメールしたぐらいで電話をかけてくるなんて、変だ。もしかして、陽子の金を盗んだことまでもがいよいよばれたのだろうか。あわてた敦子は、とっさに携帯の電池パックを抜いてしまった。

そのまま、あてどなく県道沿いの道を歩きだした。涙があふれてとまらなかった。なんで友美の金なんて盗ってしまったのか。なんで。なんで。なんで。陽子のときにあれほど後悔したのに。でも急に、猛烈に盗りたくてたまらなくなった。

わたしは最悪な人間だ。ここ数年、盗みを働かずにいられたのはたまたまで、わたしは多分、一生泥棒でい続けるのだ。子供を産んだって、きっとまともに育てられない。だって泥棒で嘘つきだから。わたしの子供はわたしと同じようにマイナスのスタートを切り、そして、わたしと同じようにろくでもない人生をおくる。

ビーッとけたたましいクラクションの音が響いた。しらずしらずのうちに赤信号の交差点に飛び出していた。あわてて後ずさり、友美のマンションを出て以来、やっと敦子は足を止めた。

そのとき唐突に、弘樹からはじめて「付き合ってほしい」と言われた日のことが、脳裏《のうり》に浮かんだ。冬だった。雪の降る昼間、二人で弘樹のコートを買いにいった帰りだった。彼の赤く充血した目を見つめながら、敦子は別の自分に生まれ変われそうな予感を抱いた。

でも、結局うまくいかなかった。いいところまできたと思ったのに、ダメだった。変われなかった。もう、とりもどせない。

そうだろうか。

青信号に変わる。敦子は歩きだせず、電柱にもたれるようにしてその場に立ったままでいる。考えている。

そうだろうか。もう、とりもどせないのだろうか。わたしは、十七歳のいつかの日のように、みんなの前から黙って消え去るしかないのだろうか。

違う。多分、違う。やるべきことはきっとある。ただ、怖くて選択できないだけだ。

わたしがやりました、そう、言う。それだけ。これ以上盗まないためには、きっとそれしか方法がない。罪を犯した人は、その罪が明らかになることでしか、道を正せないのかもしれない。あんなにたくさん悪いことをしたのに、わたしはずっと、誰にも責められないまま逃げてきた。でももう、限界なんだろう。そうなんだろう。

ふうっと、深く息をついた。その一度の深呼吸で、急に敦子の腹は決まった。

道を引き返し、友美にお金を返しにいこう。いや、まずは陽子だ。家族と話をした後、友美のところへいけばいい。弘樹が許してくれたら、弘樹にもついて来てもらおう。きっと、多分、いや絶対、弘樹なら許してくれる。また一人ぼっちになることと比べたら、わたしを受け入れるほうがマシだと思うはず。そう考えると少し気持ちが楽になった。

信号がまた、赤になって青に変わる。数十メートル先に、パリスモール山川店の屋上の看板が見える。夕暮れの景色の中で、異様なほど明るいライトに照らされて、未確認飛行物体のように浮きあがっている。そういえば、冷蔵庫の牛乳が今朝なくなった。せっかくだから散歩ついでに買っていこうと、敦子は思いつく。


店に着く頃にはすっかり日が暮れていた。カゴを手に取ると、真っ先にやすくなっているだいこんを入れた。そのときふと、視線を感じた。数日前に自分を事務室に連行したフロア長が、小走りでこちらに近づいてくる。

「ご主人からお話、聞かれましたか?」

フロア長は人目を気にするように小声で言った。意味がわからず、敦子はただ首を振った。

「とりあえず、事務室に一緒にきてもらえませんか?」

ただならぬ様子にドキドキしながら、敦子は彼のあとに続いた。フロア長はこの間より少し散らかっている事務室に入るなり、「もーしわけございませんっ」とうなるように言って頭を下げた。

「実は……」と彼が切り出した話は、敦子が予想もしていなかったことだった。

先日、敦子が万引きの現行犯で捕まった際、バッグの中から盗った覚えのない商品がいくつか出てきたが、あれはすべて、あのときフロア長の隣にいた長身の女の店員が、敦子の目を盗んでバッグの中にこっそり入れたものだったとわかったというのだ。女の店員は今年の春に入店したばかりだったが、すでに五人以上の万引き犯を捕まえていた。しかし実際のところは、客に万引きの濡れ衣を着せては、自分が見つけたふりをして、フロア長につきだしていたのだ。万引き犯発見の名人としてチヤホヤされたかった、というのが本人の話す動機らしい。

「それで、さきほどご自宅にご報告と謝罪の電話をしましたらご不在で、桐山様の携帯電話もつながらず、ご主人、いや婚約者の方の番号も前回控えさせていただいていたので、先にそちらにお伝えさせていただきました」そう言って、フロア長はもう一度頭を下げた。「もちろん、警察署のほうにも報告しました。それで、あのときお支払いいただきました商品の代金を、お返ししたいと思いまして。あっ、もちろん、あのときお持ち帰りいただいた商品は、ご返却してもらう必要はありません。

……しかし、その前に、実は、桐山様には一つ、確認しなければならないことがあるんです。当該の女子店員が、五つの商品のうち、食品四点についてはバッグの中に入れたことを認めているのですが、生活雑貨一点について、絶対に自分は入れていないと強く主張しておりまして。それで、確かあのとき、桐山様は、リップクリームだけはご自分で入れたとおっしゃっていました……よね？　ぼうっとしていて、会計するのを忘れたと。実際のところはどうだっ――」

「気が動転していたので、はっきり覚えていません」フロア長を遮って敦子は言った。「でも、わたしより女子店員の方のお話を信じたいのであれば、そうされればいいのだと思います」

「とんでもございません。リップクリームの代金も、ご返却いたします」

フロア長は代金が入っているらしい封筒を両手で持ち、「重ね重ね、申し訳ございません」とうやうやしく差し出した。

敦子は黙って受け取った。すぐに中を確かめると、何枚かの商品券が一緒に入っていたので、商品券だけその場で出して返却した。

パリスモール山川店を出てすぐ、携帯に電池パックを入れ直し、弘樹に電話をかけた。つながるなり、弘樹は「俺の実家にきて」と言った。理由をたずねても、「とにかくいいから、はやくきて」などと早口で言うばかりで、そのまま一方的に電話を切ってしまった。

たった今、パリスモール山川店で起こったことが一気にどこかへ飛んでいき、再びパニックの波におそわれた。金を盗んだことがやっぱりバレたのだ。自分のタンスの下着を入れている引き出しの奥に隠した三十万円を、見つけられてしまったに違いない。しかし、実家にこいと命じられたということは、とりあえずはまだ、警察には知らせていないような気がする。

まだ弁解のチャンスはある。うまいいいわけを考えよう。いや、いいわけじゃなく、何もかも正直に打ち明けなきゃ。タクシーを拾い、町の景色を見るともなしに眺めながら、敦子はぐるぐる迷い続ける。答えが出ないまま、通い慣れた横川家の前に到着した。

一階も二階も、なぜか灯りが消えていた。玄関は施錠されていなかった。家の中は奥まで真っ暗で、まるで、家族全員神隠しにあったかのよう……。

次の瞬間、突き当たりにある台所のドアが開き、アコーディオンの音色で、聞き覚えのあるメロディーが流れてきた。

「ハッピーバースデートゥーユー」

最初に出てきたのは、陽子だった。続いて、ケーキを乗せたワゴンを押す弘樹、クラッカーを両手に握った時子、最後に、アコーディオンを演奏する弘樹の父、一樹が姿を見せた。

バースデーソングをうたい終わると、時子がクラッカーを鳴らし、陽子が「火、消して、消して」とはしゃいだ。敦子はわけがわからないまま、反射的にふーっと息を吹いた。二十九本のろうそくは、一度ではすべて消えなかった。胸がつまって、なかなか大きく息を吹けず、四度やっても消えず、最終的には一樹が手伝ってくれた。

「もうー、二週間もかけて準備したのに、なんでこんなときに限って、友達とご飯なんか食べにいくのよ」陽子が言った。

「そうだよ」と弘樹。「お袋、毎日電話してきとったろー。あっちゃんのお誕生日どうするどうするって。正直、うざかったわ」

リビングに移動すると、テーブルの上に色とりどりの料理が並んでいた。敦子はビールを勧められたが、断ってお茶をついでもらった。食事がはじまって、最初に話題に上ったのは、やはり万引きの濡れ衣のことだった。時子のテニス教室仲間が同じ被害にあい、一時は離婚騒動にまで発展したという。

食後は陽子が手作りのケーキを切り分けた。ケーキには、弘樹と敦子の顔をかたどったマジパンが飾られていた。五人には少し大きい、六号サイズだった。

「あっちゃん、ケーキ全然食べとらんがね」一樹が、敦子の皿を覗きこみながら、心配そうに声をかけた。

「いや、なんだか胸がいっぱいで。ケーキ、よかったら誰か、わたしの分も食べませんか?」

四人は、なんだか妙な表情で互いの顔を見ている。時子が、パンと手を打った。「いいこと考えたわ。弘樹、あーんしてあげやー。あーん」

普段だったらそんな提案は問答無用で却下するはずの弘樹が、「そうだね」と素直に同意した。フォークを持った手をこちらの皿に伸ばしてくる。敦子はうろたえた。

「あれ、あっちゃんのケーキの中から、何か出てきたが。見てみー」

スポンジとスポンジの間に、白い紙くずのようなものが挟まっている。敦子は指でほじくって取り出した。紙くずを広げると、キラキラと輝く何かが、とろりと手のひらに落ちてきた。

オープンハートのモチーフの中に、三つの粒ダイヤがセットされたペンダントネックレスだった。

「こんな、高価そうなもの……」

「お金はみんなで出し合ったから大丈夫。そうそう、このネックレスの件でも一悶着《ひともんちゃく》あったんだわ。ねー、姉さん?」

時子に水を向けられ、陽子は恥ずかしそうに顔を手で覆った。弘樹が代わりに話しはじめる。「そうそう、俺がこのネックレスを買ったのは一ヶ月ぐらい前なんだけど、すぐにお袋に渡して、預かってもらっとったんだわ。で、この間、『ネックレスどこにある?』って聞いたら、『見つからん。泥棒に盗られたかも』って……」

「もう大騒ぎ」時子が引き継いだ。「二人で警察にいったわよ。それなのに、いざ刑事さんが現れたら、姉さん、何も言わんの。どうしたのって聞いたら、『ポケットに入っとった』って……。もう恥ずかしいったらありゃせんわ」

「いや、だって」

そう言いかけた陽子を遮るように、敦子は唐突に、立ち上がった。

「あの、お手洗い」

せめて廊下に出て、一人になってから笑おうと思ったのに、みんなに背を向けた途端、壺《つぼ》から水があふれるように笑みがこぼれた。

すり足でトイレに駆け込むと、便器のふたを閉じたままそこに腰掛けた。すでに、クフクフと口から声が漏れている。壁にはめこまれた鏡に映る自分は、幸福の絶頂のような笑顔を浮かべていた。

だって。愉快でたまらない。なんということだろう。すべての心配が、霧が晴れるように消えてしまったのだ。すべての罪が、恵みの雨で洗い流されてしまった。わたしはやっぱり、すごく運がいい。そういう星の下に生まれたのだと思う。子供の頃、あれだけ盗んでも決してバレなかったのも、一度も捕まらなかったのも、間違いなく運が味方していたのだ。バカみたい。おかしくてたまらない。

きっと死ぬまで、わたしの罪はバレない。

なかなか笑いが収まらず、気づくと十分近くトイレにこもっていた。リビングに戻ると、四人は心配そうに敦子を見つめた。

そして敦子は、ゆっくりと言葉をかみしめるように、切り出した。「あの、まだ言うべきときじゃないかもしれないんですけど、わたし、たぶん妊娠してます」

四人は一様に目を見開いた。みんなそっくり同じ顔になった。ああ、家族なのだなあと敦子は、あたりまえのことを思った。

「調べたの?」時子が聞く。

「いや、まだです。でも、たぶん間違いないと思います。明日、ちゃんと調べてみますけど、はい、間違いないと思います」

わあ、と陽子と時子が声をあげた。なぜそれほど自信を持って言えるのか、と誰からも追及されず、ほっとした。十七歳ではじめて妊娠したときと全く同じ感覚がするからです、とはとても言えない。

その後、弘樹と一樹は「祝杯だ」と言って、ワインを二本もあけた。日が変わるまえにつぶれた弘樹は、そのまま自分が高校生まで使っていた部屋で眠ってしまった。敦子も泊まっていくようにとしつこくすすめられたが、明日の朝から友達と約束があると嘘をつき、一人で横川家を出た。

なんとなく、昔のことを一人きりで考えたい気分だった。

けれど、弘樹の乗ってきた車を運転しながら頭に浮かぶのは、過去より未来のことばかりだった。お腹の子は、女の子のような気がする。洋服を作ってあげたり、髪を結ってあげたりしたい。友達みたいに仲のいい母娘になりたい。わたしが母にされたようなことは絶対にしない。

帰り道はいつもよりはやく感じた。最後の角を曲がると、マンションの前に一つの人影があった。暗がりなのではっきりと認識できないが、友美のように見えた。

敦子は駐車場に車を入れると、急いで表側に戻った。

やはり友美だった。右手に紙袋を下げている。

「やだー、もしかして、洋服わざわざ持ってきてくれたの」

あわてて歩みよる。友美は、生気が抜けたように無表情だった。まるでこけしのよう。急に、胸がざわざわする。嫌な予感がする。何だろう。嫌だ。そばにいたくない。

その敦子の胸のうちを察したように、友美は大きく一歩、こちらに踏み出した。

「ねえ、出身地、どこ」

唐突な質問に、言葉が出ない。

「もしかして、昔、山田町《やまだ》に住んでなかった?」

背中の皮膚の上を、背骨の筋に沿って、冷たくぬるりとしたものが通り抜けた。

「ねえ、そうでしょ」

「何の話をしてるの」

「うちの旦那、ゴトウジュンっていう名前なの。しってた?」

「急に何?」

「それで、うちの旦那の双子のお兄さんは、ゴトウハジメっていうの。覚えてる?」

「しらない」

「ハジメは、お兄さんだから、仲間たちからアニって呼ばれてた。覚えてる?」

「しらない」

しっていた。本名はすっかりわすれていたが、その妙なあだ名はしっかり記憶に刻まれている。当時、敦子は彼のことを「アニちゃん」と呼んでいた。

さっきは思い出そうとしても頭に浮かばなかった過去の出来事が、猛スピードで脳裏を回りはじめる。アニちゃんの左の眼球には白いキズがあった。タマゴサンドが好きで、ツナマヨネーズのおにぎりが嫌いだった。

「あの日、あの事件のあった日、わたしも現場にいたんだよ。うちの旦那もいたの」

アニちゃんはわたしより一つ年下で、だからあのとき十六歳だった。弟は確か、みんなからヒョイと呼ばれていた。由来はよくわからない。この女のことは知らない。

「ヨガ教室であんたのことを見かけて、もしかして、と思った。でも顔が少し違う。整形したんでしょ？　それともただ、痩《や》せただけ？　わたしも旦那も、あんたの本当の名前は知らなかった。ていうか、あのとき、誰も知らなかった。本人だっていう確証がもてなくて、だからあんたに近づいて、友達になったふりして、様子をうかがってたの。でもあんた、全然昔のこと話さないし。わたしの勘違いなのかそうでないのか、ずっと判断がつかなかった。

でも、この間、うちの旦那が唐突に思い出したの。あんた昔、腰にマーメイドの刺青《いれずみ》、入れてたでしょ。腰の左側。みんなで海にいったときに見たって。それを急に思い出したんだって。

だから今日、わざとあんたの服を汚して、着替えているとき、覗き見してたんだよ、わたし。腰の左側に、墨を消した跡があった。レーザーでしょ？　でもうまくいかなかったんだね。わたしも鎖骨に同じような跡があるの。レーザーってうまくいかないこともあるんだよね」

友美はそこまで言って、唇をゆがめた。本人は微笑《ほほえ》んでいるつもりのようだった。

「あんた、ポニ子でしょ」

「何を言ってるのか、全然わからない」

そう答えながら、久しぶりにその名前を聞いた、と敦子は思った。

いつもポニーテールにしていたから、わたしはポニ子と呼ばれていた。そのグループに加わったのは、高校二年になって、すぐの頃だった。

高校は、一年の途中まではまともに通っていた。でもだんだん嫌になった。いろんなことが、少しずつ楽しくなくなっていった。飽きてしまったのか、万引きにもそれほど興奮できなくなった。盗みしか楽しみがなかったのに、それすら楽しくなくなって、毎日がゴミくず同然になった。やりたいこととか、なりたいものとか、何にもなかった。それがむなしくて嫌だった。生きている理由がよくわからなくて、でも自殺する意欲もなかった。

十七歳になる直前、どこかでナンパしてきた男と肉体関係を持ち、そのまま家出した。流れるように別の男の家に住みついたら、そこは融資詐欺グループのアジトの一つだった。

やれ、と言われ、とくに拒否する理由もなかったので、仕事を手伝うようになった。グループには、わたしと同じぐらいの、未成年の男の子が何人かいた。みんな小間使いで、自分が一体どんな大きな犯罪に加担しているのか、全く自覚していなかったように思う。

アニちゃんもそのうちの一人だった。双子の弟のヒョイと一緒に入ってきた。二卵性で顔はあんまり似ていなかったけれど、二人とも背が高く痩せていた。グループのリーダー格だったタツオという男の、地元の後輩だと言っていた。

わたしをアジトに住まわせた男は、ある日突然どこかに逃げだし、その後わたしはタツオの女になった。タツオの女になった後も仕事を手伝いに、アジトに顔を出していた。アニちゃんはタツオに命じられて、ときどき車でわたしの送り迎えをしてくれた。二人でいろいろな話をした。学校は小学三年の途中までしか行かなかったこと。父親はおらず、母親はアルコール依存症であること。生まれ育った家は借金取りに破壊されたこと。

無免許の未成年に車を運転させたりと、タツオは常に思慮が浅く、仲間たちからはいつも陰でバカにされていた。でもヤクザとつながりのある彼に、さからえる人はいなかった。タツオはなぜかわたしのことを異様に気に入っていて、だから仲間たちはわたしを表面上ではちやほやしてくれた。はじめは詐欺用の広告を作ったり、郵便物のあて名を貼り付けるとかいった雑用ばかりしていたわたしは、気づくと金庫のカギを預かるようになっていた。

そして、あるときわたしは妊娠した。

若かったし、自分の体に無頓着だったので、気づくのは遅かった。でも、異変は感じとっていた。

なんだか気持ちがふわふわ浮くようで、四六時中落ちつかない。ふいに涙がこぼれたり、わけもなく怒りがこみあげたりした。やめていた万引きを、またやりだした。自分が自分じゃないようで、でも全然原因がわからなくて、苦しくて仕方がなかった。

ちょうど同じ頃、タツオに別の女ができて、二人の仲がぎくしゃくしはじめた。そのストレスで、わたしはますます不安定になっていった。

それで、ある日の昼。雨が降っていて、とても寒い日だった。多分、季節は秋。アジトで、たまたま一人きりになった。時間にして、ほんの数分のことだった。あそこで誰かが一人になることは、めったになかった。

その数分の間に、金庫から二百万円ぐらいの金を盗って自分のバッグに入れた。なんでそんな、すぐバレるようなことをしてしまったのか、今でも全くわからない。一人になった瞬間、チャンスだ、と思い、盗らずにはいられないような気持ちになった。すぐに後悔したけれど、遅かった。煙草《たばこ》を買いにいっていたアニちゃんたちが、戻ってきてしまったのだ。

翌日の朝には、金庫の金が減っていることがタツオにバレていた。タツオの上にいるヤクザの男にもすぐに知られ、アジトは大騒ぎになった。

金庫のカギを預かっていたのは、タツオとわたしだけ。だからわたしはタツオに、犯人はアニちゃんだと思う、と言った。

わたしの目を盗んで、勝手にカギを使ったようだ、と。また、アニちゃんとヒョイが、二人で金を盗って大阪に逃げようとこそこそ相談しているのも耳にした、と作り話も語って聞かせた。

罪をなすりつける相手がアニちゃんであることに、とくに意味はなかった。盗んだ日に彼がアジトにいたのを覚えていて、なんとなくポロッと口から名前が出てきただけだった。

単純なタツオはあっさりそれを信じた。どのみちヤクザに責任をとらされることになっていたタツオは、誰が犯人だろうともう関係なかったのだろう。そして、その日の夕方には、アニちゃんとヒョイに、仲間総出で制裁を加えることが決定していた。

夜八時頃、割のいい簡単なバイトをしないか、という誘い文句につられてアジトにやってきたアニちゃんとヒョイは、部屋に入るなり、男たちに殴りつけられた。金はどこだ、と聞いても当然彼らは答えない。とりあえず、二人が一緒に暮らしているアパートをみんなで見にいくことになった。彼らを車に乗せ、アパートへいくと、部屋には若い女が一人いた。ヒョイの女らしかった。男たちが部屋中を漁《あさ》りまくっても金は出てこなくて、アニちゃんたちはまた少し殴られた。その後、女も一緒に車に乗せ、一行は人気のない山のふもとまで移動した。

三人は砂利の上へ引きずり降ろされ、五つか六つの懐中電灯で照らされながら、かわるがわる殴られた。わたしは途中まで、煙草を吸いながら、ぼうっとその様子を見ていた。ビールも飲んでいたかもしれない。タツオに「お前も手伝えよ」と怒られてからは、仕方なくアニちゃんの頬を平手でうったり、煙草の火を押し付けたりした。やらないと、自分がやられると思った。いい気分はしなかったけれど、アニちゃんのぐちゃぐちゃの顔を見ていたらおかしくなって、けらけら声をあげて笑った。グループで一番凶暴だったリュウギという三十歳の男に集中的にやられていたアニちゃんは、そのときすでに、どんな刺激にもほとんど反応しなくなっていた。

死んでしまう、とか、重大な後遺症が残るかも、とは不思議とあまり考えなかった。いくらベコベコに殴っても、明日の朝には元通りになっているのだろうと、漫画の世界のことみたいにうすぼんやりと思っていた。

パトカーのサイレンが聞こえたのは、午前二時を回ってすぐのこと。一体どこから通報されたのかまったくわからず、みんな、一気にパニック状態になった。三人を置き去りにして、バーッと一斉に近くの車に乗り込んだ。

けれど、わたしはほとんど本能的に、彼らと行動を共にするのはマズイと直感した。このまま一人、夜の闇にまぎれるほうがいい。走って、山のほうへ逃げた。草のしげみに隠れ、夜の森のフクロウみたいにじっとしていた。

やがてサイレンの音が止み、人の騒ぎ声がそれにとってかわった。少しすると静かになって、また騒がしくなり、再びまた静かになって、気づくと空が明るくて、わたしは一人で遠くへ逃げた。盗んだ金はそのまま自分の部屋においてきた。

わたしの選択は間違っていなかった。数日後、ヒッチハイクがきっかけで付き合うことになった男の部屋で見たニュースで、仲間たちが一斉に捕まったことを知った。金を盗んだのはタツオだったということになっていて、ちょっと笑ってしまった。その後も新聞やニュースはマメにチェックしていたけれど、わたしのことはついぞどこにも出てこなかった。未成年だったというのもあるのだろう。でも確かなのは、仲間たちがわたしのことを何一つしらなかったということだ。わたしがどこからきた何者であるのか。真実を話さなかったから。嘘ばかりついていた。わたしはずっと、ぬかりない。

「ハジメはあのときにボコられたのが原因で、今も一人で歩けない」

友美は抑揚のない口調で言う。

「言葉もちゃんと話せないし、何をするにも人の助けがいる」

敦子は、アニちゃんの間の抜けた笑顔を思い浮かべた。透きっ歯と赤いほっぺがかわいかった。

「わたしもジュンもあのときボコボコにされたのに、なぜかあんたたちの仲間ってことにされて、捕まって少年院《ネンショー》いかされた。わたし、何にもしてないのに。ただ、保護観察中だったたってだけで」

へえ、と心の中だけで答える。それはただの自業自得だ。

「あんた、あのとき、わたしの脛《すね》に煙草の火を押しあてたでしょ」

覚えていない。

「わたしのお腹をヒールで蹴ったでしょ」

全く覚えていない。

「わたしは、はっきりと覚えてる。あのとき、あの場所にいた女は、わたしとあんただけだった。警察に何度も、女が一人捕まってないって訴えたけど、どうしても見つからないって」

「もう、すべて過ぎたこと」

敦子がそう言うと、友美は驚いたように目を見開いた。その彼女の大きな瞳が、じわじわと濡れてくる。なぜ泣くのか。敦子には全くわからない。

「まだ、旦那には話してないんだよ。あんたがポニ子だって、まだ話してない」

どういう意味なのだろう。

「旦那は、絶対に復讐《ふくしゅう》するって言ってる。あんたを刑務所にぶちこめなくても、どんな手を使っても罪を償わせるって言ってる。あのとき関わってたヤクザにもしらせるって。もしかしたらあんた、ジュンに殺されるかもよ」

友美は振り絞るように、一度、ぎゅっと瞼《まぶた》を閉じた。

「でも、わたしはもう、ジュンを犯罪者にしたくない。だからお願い。そっちの家族とうちの家族の前で、自分のしたことをちゃんと説明して、ちゃんと謝って。それなりの対応をしてくれたら、ジュンも許すと思う。わたしも許す。お願い、それが一番の、ただ一つの解決策なの」

「わかった」と敦子は即答した。

友美はまた目を見開いた。「え、本当？」

「いつか、こういうときがくるような気がしていたの。自分の犯した罪から、いつまでも逃げられないとわかっていた気がするの」

二人のそばを、車が一台静かに通りすぎた。ヘッドライトに照らされた友美の顔は、涙に濡れてぐちゃぐちゃだった。

「そちらの望むことは、なんでもする。殺されるのは嫌だけど」敦子は小さく笑顔を作った。

「その結果、家族がわたしから離れていったら、それはそれで仕方のないこと。……あの、泣かせちゃって、ごめん。よかったら家まで送るけど、その前に少し、お茶でも飲んでいかない？」

友美は首を振った。「もう帰ら……」

「じゃあせめて、うちの洗面所で顔を洗っていきなよ。そのまま帰ったら、きっと旦那さんに怪しまれるよ」

友美は数秒沈黙してから、うん、と子供みたいに素直にうなずいた。敦子は彼女の背中を押して、マンションのエントランスへ誘導した。

そうしながら、今夜、一人きりで帰ってきたのはただの偶然だったけれど、そうしてよかったと心底思った。

やっぱりわたしはツイている。まだまだ運は味方している。

エレベーターが一階に到着し、先に友美を乗せた。友美は不安げな顔をこちらに向け、何かを確認するみたいに、ぎこちなく微笑んだ。明るいところで見る彼女の顔は、どういうわけかやや黒ずんで見えた。

こういうのを、死相っていうのだろうか。

敦子はまた友美の背中に手を当てた。安心させるようにさすってやる。そうしながら、どちらにしようと考える。

ヒモで絞めるか、刃物で刺すか。

オパールの涙

あっ。

と法子《のりこ》は、か細い声をあげ、人差し指と中指の二本で唇をおさえた。

そしてわたしの顔をちらっと見て、すぐに目を伏せる。長いまつげが細かく震えた。

今の、見た？

法子は子供みたいなころころした声で言う。

見た？　見た？

眉尻を下げ、不安そうに首をすくめているけれど、おさえた唇がわずかにほころんでいるように見えるのはなぜだろう。リップを塗らなくてもつやつやの血色のいい唇。

ねえ、見とらんよね？　見とらんって言って。お願い、直美《なおみ》。

目にうつる全てが、どういうわけか曇りガラスを通したようにぼやけている。一度まばたきをして、わたしは、「見たよ」とはっきり言った。

その瞬間、視界がくっきりと輪郭を取り戻した。

窓の向こうの黒い海。寂しい街の灯り。周りのテーブルを埋める若いカップル。目の前にならんだ色とりどりの料理。舟盛り、金目鯛《きんめだい》の煮付け、アワビの網焼き。毎年恒例の夏の旅行。

いつもと同じ小さなペンション。今年は法子の仕事の都合で、時期が少し遅くなってしまった。温泉にたくさん入って、おいしいものをたらふく食べて、ビールも少し飲んで、夜遅くまで二人でいろいろな話をして。あんなに楽しみにしていたのに、これは一体、どういうことだろう。

「これは一体、どういうことなの?」わたしは聞いた。

「やだ、違うの、これは……」

「もう一回見せて」

「えー、やだよ。もう、消したし」

「消しとらんでしょ。ちゃんと見せて」

「いやだ、ハハハ、見んくっていいって」

「見せなさいっ」

自分で自分の大きな声にびっくりした。周りのカップルたちがぎょっとした顔でこちらを振り返った。

「何その言い方。なんかいつもの直美と違う」

法子はふてくされて言った。

わたしはそれに構わず、立ち上がって法子の折り畳みの携帯を奪おうとした。法子はすばやく手を引っ込めた。わたしは彼女の浴衣の袖をつかみ、テーブルをはさんで無言でぐいぐい引っ張った。ブラが半分あらわになっても引っ張り続けたら、法子は観念して携帯をテーブルになげだした。

「ちょっとー、もう何ー？　なんかむかつくーていうか、部屋に戻ってから見ればいいがね。何よもう。恥ずかしい」

「さっきの画像出しゃあ」

「え？　何？」

「さっきの画像出しゃあって」

法子は渋々、携帯を操作する。

「はい。これでいい？」

わたしは立ったまま、その画像を、じっと、穴のあくほど見つめた。

わたしの生涯で唯一の恋人で、婚約者でもあるはずの水野英樹《みずのひでき》が、わたしの生涯で唯一の親友である後藤《ごとう》法子と、上半身裸で、ベッドに並んで寝そべっている。英樹は眠っているのか目を閉じていて、法子だけがカメラに視線を向けていた。

再び、視界がぼんやりと曇っていく。

と同時に、頭の中の大きなスクリーンに、見覚えのある映像がうつっては消えはじめる。この感覚っていったい何だっけ？　これって一体なんだっけ？　アレ……これって走馬燈ってやつだっけ？

わたしはもうすぐ死ぬのだろうか。

わたしは本当に、どうしようもなくどんくさい子供だった。

小学一年生のときから、学校の勉強にはほとんどついていけていなかった。新しい学年になって新品の教科書を受け取るたび、そこに書いてあることがあまりにちんぷんかんぷんで、毎回パニックをおこして半泣きになっていた。もちろん運動もからっきしダメ。逆上がりは人生で一度も成功できたことがない。大縄飛びなどの団体競技ではいつも周りに迷惑をかけて戦犯扱い。五十メートル走やソフトボール投げは途中でけつまずいたり、まったく違うほうに投げてしまったりして、まともに計測できたためしがない。

その上、園児の頃から体型は肥満気味。三年生のとき、クラスメイトの関口《せきぐち》という男子に「豚足」という絶望的なあだ名をつけられ、中学を卒業するまで呼ばれ続けた。

勉強と運動だけでなく、歌も致命的なほどに下手くそで、音楽の時間に先生から「あなたは授業が終わるまでずっと口を閉じてなさい」と言われたこともあった。手先も人並み外れて不器用。図画工作の成績はいつも五段階で1か2。不器用な上に先生の説明や教科書の説明書きが正しく理解できないので、何を作ってもどこかが微妙に、いや大幅に間違っていた。

それでも、絵を描くのは小さなときから好きだった。誰かに褒められたことは一度もなく、たとえば賞をとったりしたこともちろんないけれど、好きだった。一年生の頃からノートにギャグ漫画を描くことにハマりはじめ、中学生になると、授業中に先生の目を盗んで何枚も描きまくるほど没頭した。おかげで成績は下降する一方だった。

とにかく、いついじめられっ子に転落してもおかしくないほどの、どうしようもなくダメな子供。そんなわたしを常に守ってくれたのが、他でもない法子だった。

法子は転校生だった。といっても、クラスが替わる三年生の新学期に合わせて引越してきたので、本人はともかく、周りは彼女を転校生としてほとんど認識していなかったと思う。お父さんとお母さんが離婚し、お母さんの実家の近くに住むための引越しのようだった。お母さんはその半年後に三歳年下の男の人と再婚して、法子の名字は市橋《いちはし》から藤枝《ふじえだ》に変わった。新しいお父さんは一年ぐらいでいなくなった。

家庭環境はあまりよくなかったものの、法子はわたしとは違い、勉強もできて、運動神経も抜群。運動会ではいつもリレーのアンカーに選ばれていた。背が高く小学生のときは男子より大柄だったので、スカートめくりなどのいたずらをするバカ男子を軽々と成敗し、逆に泣かせるほどだった。

どういうきっかけで、彼女と仲良くなったのかはもう忘れてしまった。気づくと常に一緒にいた。一応、他に坂本《さかもと》さんというピアノ教師の家の子と、立花《たちばな》さんという電気屋の子と四人で仲良しグループを組んでいたけれど、わたしと法子の絆《きずな》は特別だった。地元の中学を卒業し別々の高校に進むまで、毎日一緒に学校に通い、毎日一緒に帰り道を歩いた。

法子はいつもわたしのことを心配して、思いやってくれていた。

たとえば、五年生になってクラスが別々になったときのことだ。最初にわたしに声をかけてきた斎藤唯《さいとうゆい》について、「斎藤さんは去年の運動会の組体操で直美がずっこけて鼻血出したとき、大笑いしながら写真撮って、みんなにみせびらかしとったよ」と教えてくれた。おかげでわたしは斎藤唯と距離をおくことができた。斎藤唯は男たらしで女子から虫のように嫌われていた。あやうくわたしも一緒に嫌われ者になるところだった。

たとえば、中学に入ってすぐのこと。わたしはずっと美術部に入ろうと決めていた。けれど、入部届を出す直前になって、法子が「美術部の二年の大塚《おおつか》さんはヤンキーで、直美のこと気に入らん、いつか殴ったるとか話しとるらしいよ」と教えてくれた。一年先輩の大塚さんとは口を利いたこともなく、なぜ嫌われるのか全くわからなかったし、大塚さんは地毛が少し明るいのが目立つだけで、ヤンキーでもなんでもないと別の子から聞いたけれど、でももしかしたら本当ヤンキーだったかもしれないし、そんな人が所属しているような部には入らないほうが賢明だった。わたしはそのまま法子と一緒に演劇部に入った。三年間、ほとんど裏方ばかりだった。でも法子がいたので楽しかった。

たとえば、中学三年の春、わたしの描いたギャグ漫画が、教室の黒板に張り出されたときのこと。

あの日のことを思い出すと、今でもきゅーっと胸が痛くなる。朝、教室に入ってその光景を目にして、一気に頭の中が真っ白になった。

大切に保管していたはずの漫画用のノートが何者かに奪われたのだ。一枚一枚破られて黒板にセロテープで丁寧に貼り付けてあった。しかも、よりにもよって下品でばかばかしい下ネタ満載のエロギャグ四コマ漫画ばかり厳選されていた。

「なんだよ、これ。マジで豚足が描いたの？」

「タイトル『パイズリって何?』だって。こっちは『フェラチオの女王』だってさ。気持ち悪ー、何これ」

「しかも絵がでら下手くそだが。俺のがまだ上手く描けるわ」

「あんな顔して、普段こんなエロいこと考えとるんだねー。やばくない?」

クラスメイトの嘲笑《ちょうしょう》が体中に突き刺さった。でも、彼らに何を言われても、正直なところどうでもよかった。どうせ元々クラスメイトのほとんどからうとまれていて、仲良くしてくれるのは、自分と同じように地味で冴えないタイプの橋本理恵《はしもとりえ》しかいなかった。彼女にはしょっちゅう漫画を読ませて感想を聞いていた。

ただ、米田徹《よねだとおる》に見られたことだけがショックだった。米田徹は吹奏楽部の部長で、太っていて、運動もできなくて、鼻の下に大きなホクロがあって、「鼻くそ太郎」という身も蓋《ふた》もないあだ名をつけられていた。わたしと彼は二年のときも同じクラスで、ときどき漫画の話をして盛り上がったりする仲だった。三年になってすぐ、「休みの日に一緒に漫画を買いにいかん?」と誘われた。まさか自分が、この、デブでブスでエロギャグ漫画をしこしこ描いているような粗大ゴミみたいな女子が、同じく粗大ゴミレベルとはいえ男子から遊びに誘われるなんて、奇跡がおこったとしか思えなかった。

すぐに法子に相談した。法子も一緒に喜んでくれて、今度一緒にそのときの服を買いにいこう、と言ってくれた。

その直後の出来事だった。

わたしが黒板を見ながら茫然《ぼうぜん》としていると、どこから聞きつけたのか隣の隣のクラスだった法子がすっ飛んできた。そして「何これ、ひどい！」「大丈夫、直美⁉」とわたしを必死になってなぐさめてくれた。そのあとのことはあまり記憶がない。担任の先生が現れて、困った顔して黒板から漫画をはがしていたことは薄ぼんやりと覚えている。

法子はその後、懸命に犯人捜しをしてくれた。全てのクラスを回って、あまり話したことのない生徒にまで声をかけてくれたようだけれど、結局何もわからないままだった。「恥ずかしいからもうやめて」とわたしは何度も頼んだ。しかし、法子は正義感が人一倍強い人なのだ。卒業する頃まで「あんなひどいことをする奴は許せん」と根に持ち続けていた。まるで自分のことのように怒ってくれていた。

米田徹とはそれきり口を利けなかった。

彼のほうからは何度か話しかけてくれたけれど、あまりに恥ずかしくて目を合わせることすらできなかった。

その後、わたしは地元で一番の商業高校の受験に失敗し、地元で三番の商業高校に進んだ。成績優秀だった法子は公立の普通科に推薦で入った。通学に使う電車も違い、また、法子は演劇部の練習とアルバイトで忙しかったので、この三年間、わたしたちはほとんど会えなかった。

そして高校でのわたしは、一人も友達ができず、激烈ないじめを受けた。

まさにわたしの人生の暗黒期だ。辛すぎるあまり、学校でのことはほとんど記憶がない。休み時間をどんなふうに過ごし、放課後をどんな気持ちで迎え、卒業式に何を思ったのか、覚えていない。ただただエロギャグ漫画をしこしこ描いて現実逃避をし続けていた気がする。卒業してもう何年もたつのに、今でもときどきふっとフラッシュバックのように、クラスメイトに池に突き落とされたときのことや、男の数学教師に顔面をげんこつで殴られて鼻血が止まらなくなったときのことが、脳裏によみがえって息が止まりそうになる。死にたくなる。

長い長い三年間をやり過ごし高校を卒業したあと、わたしは進学も就職もせず、というかできず、近所の酒屋のアルバイト店員になった。法子は地元の私大に進学後、メーカーの事務員になった。大学に入ると法子に時間の余裕ができ、ときどきお茶をしたり、買い物にいくようになった。

法子は、十代の頃は彼氏ができてもあまり長続きしなかったようだ。けれど、大学二年の頃に知り合った年下の彼とは順調で、彼の就職を機に結婚するつもりだと、いつか話していた。

わたし自身は二十歳をすぎても、彼氏どころか男友達さえできなかった。でも、それはしごく当然のことなのだ。根暗、小太りで鈍くさくてその上足がくさい。唯一の趣味は、エロギャグ漫画を描くこと。こんな女、誰かが好きになってくれるはずはない。エロ漫画を描くぐらいだし、セックスに関心がなかったわけではないけれど、たとえば拳銃や麻薬や殺人が自分の一生とは全くの無縁であるように、セックスもまたしかりと信じて疑わなかった。

そんなどうしようもないわたしの身に、本当の奇跡が起こった。去年の春、二十三歳になったばかりのときのことだ。

英樹との運命の出会い。

英樹はわたしたちと同じ中学の、一年先輩。陸上部のキャプテンで、かっこいいので女子からモテていた。たまたま進学した高校がラグビーの強豪校で、足を買われて入部、またたく間にレギュラーになり、そのままスポーツ推薦で東京の大学に進学した。

ところが、彼は三年生の途中で大学をやめて地元に戻ってきた。

怪我をした、というのが表向きの理由だったけれど、実はお金のために同性愛者向けのアダルトビデオに出演していたことがばれたのだ。合宿中に仮病をつかって練習を抜け出し、グラウンドのそばで練習着のまま出演したことと、後輩を何人も勧誘したことなどが悪質とみなされ、退部は免れようもなかったという。本人は大学に残るつもりだったけれど、父親に強制的に呼び戻され、以来、家業の米屋でずっと下働きをさせられている。

その米屋はわたしの勤め先の酒屋に納品をしていて、毎週水曜の昼、彼のお兄さんがやってきてレジの横の棚にたくさんの米を積んでいく。それがある日突然、英樹に代わった。そのときはじめて、わたしは自分の店に出入りする米屋が、あの水野先輩の家業だとしった。

「はじめまして。君の名前、何?」

英樹はレジに立つわたしの顔を見るなり、いきなりそう声をかけてきた。

面食らって、わたしは彼を見つめたまま固まってしまった。顔はゆでたカニみたいに真っ赤だったと思う。英樹は中学時代と比べて背が十センチ近く伸び、体格も厚く精悍《せいかん》になっていた。垂れ気味の目は相変わらずだった。なぜかわたしは突然咳《せ》き込んでしまい、おまけに鼻水まで噴き出た。

そのあまりにまぬけなわたしの反応を見て、英樹は目をまるくして、言った。

「かわいいねー、君」

そして、ヌハハハハッとやや高めの子供みたいな声で笑った。垂れ目の目尻がますます下がる、懐かしい笑顔だった。英樹は赤い舌で薄い唇をぺろっとなめた。唇の左端にほくろがあることを、そのときはじめて知った。

それから三ヶ月後、突然デートに誘われた。断っても断っても誘ってきて、結局その二ヶ月後に初デート、さらに一ヶ月後、プロポーズされた。


「直美の金が目当てなんだよ」

夕食を終え、部屋に戻って二人きりになってすぐ、法子が煙草に火をつけながら言った。

「だって、デートに誘われるまで、全然話しかけてこんかったんでしょ？　それがある日突然べらべら話しかけてきて、『動物園いこまい』とか言ってくるようになったんでしょ？　それは、直美のお母さんの実家が金持ちで遺産がたくさんあるって、酒屋の店長に聞いたからなんだよ」

「……全然話しかけてこんかったわけじゃないもん」

「は？」

「二回目に会ったとき、肌きれいだねって言われたもん」

「……そんなことは、まあ、どうでもいいんだけどさ。あのさ、英樹が学費をお父さんに返したあとは家を追い出される予定だってこと、直美も知っとるよね？　あいつはまともに働くのがイヤだから、自分を養ってくれる女なら誰でもいいんだよ」

確かに、祖父が所有していた畑などが高速道路の土地になったとかで、母はかなりの額の遺産を相続した。母はあまりお金に執着のない人で、まわりに勧められても家さえ買おうとせず、遺産のほとんどが手つかずのままだった。父は三年前に亡くなった。わたしにはきょうだいはいない。けれど、英樹は一度もうちの遺産について尋ねてきたことはないし、デート代だっていつも全額おごってくれる。

「そりゃ、君のところの遺産おいくら？　なんてはっきり聞くわけないがね。それに、おごってくれるって、どうせマックとか牛丼でしょ。そもそも、今まで何回デートしたの？」

「……五回。あ、六回かも」

法子は大きくため息をつく。窓辺のテーブルに足をあげ、二本目の煙草に火をつける。

「あのね、はっきり言うけど、あんたはあの男にだまされとる。このままおめおめと結婚してごらん。浮気されまくり、お金無駄遣いされまくりの不幸な未来が待っとるよ。何度でも言う。別れたほうがいい。……ねえ直美。これまで、わたしが直美にアドバイスしたことで、何かまちがっとったことってあった？」

「……ない」

「でしょ？　きついこと言われて、つらいかもしれんけど、でもこれは紛れもない真実だから。わたしは、直美には幸せになってほしい。ただそれだけの気持ちで言っとる。だって、直美はわたしの唯一の親友だから」

「……」

「わたし、最初から、ずっと言ってきたよね。あの男はやめやーって」

「……」

「確かに中学時代はモテとったけど、今は見る影もないがね。あのだっさい時代おくれのサーファー風ファッションとか何なの。恥ずかしくないんかな。休みの日はいっつもパチンコ屋の前にならんどるし。しかもあんたと付き合う前は、出会い系で見つけた女子高生と付き合っとったんだよ。最終的に向こうの親にバレて慰謝料請求されて、ますますお父さん怒らせて。あんたも知っとるでしょ？　しかもその女子高生、ブタみたいなデブなんだよ。それからね、あいつ金になるからって、いまだにゲイビの仕事続けとるらしいよ。水中眼鏡かけて若い男の子のをしゃぶったりするんだって。サイテー。わざわざその仕事のために、夜行バスに乗って上京するそうだけど、バカとしかいいようがない」

「……」

「はやく、別れやーって」

「絶対別れん。それだけは嫌」

法子はチッと舌打ちをした。

彼がどんなにどうしようもない人でもかまわない。だって、わたしのような女と結婚したいと言ってくれる人など、もう二度と現れないかもしれない。それに今がどれだけ落ちぶれていても、彼はずっとわたしの憧れの人だ。

でも、わたしが法子の立場だったら、きっと交際を反対しただろう。法子の言い分も充分わかるのだ。そういえば婚約を報告したとき、法子はわたしの未来を哀れむあまり、それまでみたこともないぐらい大泣きしていたっけ。

……ん？

……あれ？

本当に、そうなのかな？

あの涙は、本当にわたしのために流したものだったのかな？

もしかして、わたし、壮大かつ壮絶な勘違いをしていた？

「ねえ、法子」

「何」

「……さっきの携帯の写真について、聞きたいんだけど」わたしはおずおずと切り出した。

「部屋に戻ってから、説明するって言っとったよね？　でも、全然説明してくれんが。あの写真と、英樹とは別れたほうがいいって話が、どうつながるのかが、よくわからんのだけど」

法子はふてくされたように横を向く。窓の向こうを見る。真っ暗で、夜の海の境目も見えない。

「あのね法子。わたしね、何日か前、英樹から、法子のことについて相談されたんだわ」

その瞬間、法子はものすごい勢いで顔をこちらに向けた。目が血走っていた。

「後藤さんが何度もメールで『二人で会おう』って誘ってくるんだけど、どうしたらいいのかわからんって。『相談事があるで二人で会いたい』とか、『さみしいからなぐさめてほしい』とか、メールがくるって。でも、俺はその気がないし、お前の友達だから断りにくいって。お前から何とか言ってくれんって……。わたし、法子は何か、わたしに言えん悩みごとでもあるんかと思っとった。でも、もしかして法子、英樹のことがずっと好きだったの?」

目はますます血走り、けれど顔は石鹸《せっけん》みたいに白い。眉間《みけん》に深いしわがより、唇が震えている。

「だとしたら、気づいてあげれんくって、ごめんね」

「何それ。なんであんたにそんなこと言われないかんの」

法子は立ち上がった。はずみで、椅子が床に倒れた。

「ふざけるのもいい加減にしゃー。なんで、わたしのほうがあいつを追いかけとるって設定なわけ？　あいつが誘ってきたんだし。だいたいあんな遊び人、わたしが本気で好きになるわけないが？　ていうか彼氏おるし。もうむかつくから遠慮なく言うけど、あいつ、言っとったよ。直美みたいなブス、金がなきゃ話もしたくないって。キスするたび、吐き気がするんだって。あんたがブサイクすぎるから。まだセックスしとらんのでしょ？　絶対たたんから無理って言っとったよ」

白かった頬が、今度は真っ赤になった。わたしは、まるでテレビか映画でも見ているような気持ちで、法子を見ていた。不思議と怒りは感じない。顔に唾液の飛沫《しぶき》が雨のように降り注ぐ。

「ねえ直美。英樹が向井由貴《むかいゆき》とも付き合っとるって知っとった？　あの、テニス部の由貴。ほら英樹さ、少し前に山川のパリスモールの駐車場で小学生にまじってスケボーで遊んで、ずっこけて怪我したが。そのとき内藤《ないとう》病院にいって、偶然再会したんだって。由貴、今レントゲン技師やっとるんだよ。それから、美容師見習いの子とも最近付き合いはじめたらしいよ。まだ十九歳で、すごくかわいいんだって」

「何を言われても、わたしは英樹と別れん」

「整形女のくせに！」

法子はそう叫ぶなり、テーブルの上の灰皿を投げ付けてきた。

「整形したってブスだけどね」

「そんなことわかっとる」

子供のときから、一重瞼の細い目がコンプレックスだった。嫌なことがあるたびに、「この醜い目のせいだ」と法子にグチグチ言っていた。「いっそ整形したら？」と法子にアドバイスされたのは、高校二年のときだった。「瞼だけなら簡単な手術で済むし、かわいくなれて、前向きな性格にもなれるし一石二鳥だが」「最近は誰でもやっとるし、大丈夫」と励まされ、バイト代をためて十九歳のときに施術を受けた。

土台が悪すぎるのか、人から容姿をほめられるようになるまでには至らなかった。でも、高校時代よりは、多少は前向きな性格になったと思う。描く漫画の内容も不思議とちょっとだけ明るくなった。少なくとも、顔のことではそれほど悩まなくなった。

「英樹に話したら、びっくりしとったよ。『アレで整形？』って目を丸くしとった。超わら――」

「しゃべったの」

わたしはベッドから立ち上がった。

「え？　いや……やだ、そんな怖い顔しんといてよ」

「なんで？　絶対に内緒にしてって言ったが」

「いやいや、内緒も何も、バレバレだが。昔と顔全然違うし」

「彼は昔のわたしの顔なんかしらんもん。中学のときは接点ないし。写真も見せたことない」

法子は数秒真顔になり、それからミャハハハハと甲高い声で笑った。

「あ、そうなのー、やだ、直美なりに隠しとるつもりだったんだ。ごめんごめん。でも、わたし、見せてまった。中学のときの――」

わたしはゆっくり、瞼を閉じた。

「卒業アルバム」

瞼を開いた。

そのとき、熱い何か、熱くて硬くてゴツゴツした何かが、自分のお腹の中に生まれて急速に大きくなっていくのを感じた。マグマの塊。そう、マグマの塊がわたしの中に生まれた。次の瞬間、ガツンと強い衝撃が右手から全身に広がって、世界のすべてがまっしろになった。数秒おいて、地面が横に振動し、どさっと何かが倒れる音がした。わたしはいつの間にかまた閉じていた瞼を、開いた。

きーんと、耳鳴り。

右手がやたら重い。まるで誰かにぶらさがられているみたい。自分の右側を見る。

テーブルの上にあったはずのガラスの花瓶を、知らないうちに握りしめている。花瓶には、赤くぬるぬるしたものがこびりついていた。

そのまま、ゆっくり、視線を床のほうへ移動させる。

頭部から真っ赤な血を流してぴくぴくと震えている法子を目にして、わたしはなぜか少しだけ笑った。


ハッとして目を開けた。

目の前の景色はもう完全に朝だった。

どこかで、鳥がピーヒョロ鳴いている。モーモーとウシガエルの鳴き声も聞こえる。頬にふれる風はつめたくさわやかだった。

ここは、駅のホームだ。

足下を見ると、荷物の詰まったボストンバッグがあった。自分を見下ろすと、浴衣でなく洋服を着ていて、頭に手をやったら帽子までちゃんとかぶっている。

わたしは夢を見ていたのだろうか。

いやそうじゃない。

すべて現実だ。

けれど、あのあと、どうやって荷物を片づけ、何時にペンションを出て、どのルートをたどって駅までやってきたのか、よくわからない。全く覚えていないわけではない。法子の首筋に指を当てて脈を測ったこと、恐怖でおしっこをもらしてしまったこと、夜が明けはじめたときの紫色の空、ペンションを出た瞬間の潮の匂い。いろいろなことが断片的に頭の中に残っている。でもその一つ一つがバラバラでつながらない。

とにかくわたしは今、駅のホームのベンチに座っていて、さっきまで居眠りをしていた。

時計を見る。午前七時二十八分。

あれから何時間過ぎたのだろう。

わからない。

いや、わからないじゃだめだ。

とにかく、考えよう、きちんと。

わたしは法子を、殺してしまったのだ。

殺人者だ。

ふいに、少し前にニュースで見た女の顔が脳裏に浮かんだ。女は東京の住宅街で、通りすがりの妊婦を刺殺して逃走した。事件から三日後、北海道の居酒屋で酒をのんで暴れているところを逮捕された。

そんなことをしてはダメだ、と強く思う。人を殺したあげく逃げるなんて、人の道に外れるようなことはしてはいけない。絶対によくない。人を殺してしまったのなら、自分の死をもってつぐなうべきだ。そうだ。わたしは自殺するべきなのだ。ハッ。ちょうど今、駅のホームにいるじゃないか。次の電車は五分後。わたしは立ち上がりかけて、しかしすぐに座りなおした。

次の電車に飛び込んだとして、一体何人の人に迷惑をかけることになるのだろう。こっちは上り方面だから、これから東京方面へ仕事にでかける人もいるはずだ。その人は会社に遅刻してしまう。駅員さんだって電車が止まったらいろいろと大変だ。そもそも、自殺することは罪を償うことと同義なのだろうか。何か違う気がする。まず先に罪を償い、そのあとに死があるべきだ。つまり、わたしはさっさと自首すべきだ。そうだ。答えが出た。わたしは再び立ち上がろうと尻をあげ、しかしまたしてもすぐに座りなおした。

普通に考えて、このまま自首したら、間違いなく減刑される。そもそも一人殺しただけでは、死刑にならないんじゃなかったっけ？　十年そこそこで仮釈放が関の山？　十年後、三十四歳。充分、人生のやり直しがきく。そんなあっさりした刑で、罪を償ったといえるのか。法子の両親やお兄さんは納得してくれるだろうか。

とてもそうは思えない。

そのとき、ピーンと頭にひらめくものがあった。

そうだ、強盗殺人を装えばいい。

衝動的で場当たり的な殺人は、それほど重い罪には問われない。反対に、計画的かつ営利目的の殺人は悪質とみなされ、被害者が一人でも死刑を求刑される場合があると、テレビか何かで見た。時計を見る。ペンションの朝ご飯の時間は八時半。食堂にいくのが五分遅れると、部屋に内線電話がかかってくる。一昨年泊まったときに二人して寝坊してしまい、内線電話にもでられずにいたら、九時十五分頃に奥さんが部屋まで様子を見に来た。

まだ充分間に合う。部屋に戻って、法子の財布を盗る。それだけでいい。余裕があったら部屋の備品を持ち出すのもいいかもしれない。その後は見つかりやすそうな場所で遊んでいれば、いずれ逮捕されるだろう。強殺の上に逃亡して、盗んだ金で遊ぶ。悪質きわまりない。死刑確実だ。

わたしは今度こそすっくと立ち上がり、切符を手に改札へ向かった。駅員に「一度外に出たいので……」と話しかけながら、妙に胸がザワザワとして口ごもった。怪訝《けげん》そうな顔を突き出す駅員をかわし、またおずおずと元のベンチに戻る。

……たとえ自分の罪を重くするためだとはいえ、証拠を捏造《ねつぞう》することが正しい行いといえるのか。死者への冒瀆《ぼうとく》以外の何物でもないのではないか。それにきっと、裁判で偽証もしなければならない。嘘に嘘を重ねるのだ。真実をあきらかにすることも贖罪《しょくざい》の一つだとすれば、それとまったく正反対の行為をすることになる。

だめだ。どうしたらいいのかわからなくなってきた。涙がでてきた。泣くと頭の中がパニック状態になってしまう。

冷静になれ、がんばれ、と心の中で自分に呼びかける。今、大事なことは何なのか、それを考えるべきだ。ああ、法子がいてくれたら、きっと的確なアドバイスをしてくれたはずなのに。……どうしてわたし、法子を殺しちゃったんだろう。何も殺すことなんかないのに。あの花瓶さえなければ……。よけいなものを飾っておくペンションの奥さんがにくい。いや、人のせいにしては駄目だ。花瓶がなかったら、多分浴衣の帯で首をしめていた。だって、どうしても許せなかった。整形のことを英樹に言うなんて、酷《ひど》すぎる。「絶対に内緒にしといて」って何度も何度もお願いしたのに。なんで法子、しゃべっちゃったんだろう。

……だめだめ、自分のことばかり考えている。法子の気持ちを考えなければ。法子が何を望んでいるのかを考えなければいけない。わたしなんていずれ死ぬんだからもうどうなろうとどうでもいいことなんだから。

天国に、電話とかメールとか、あればいいのになあ。

ハッ。

また、ピーンと頭の中でアイディアがひらめいた。

ホームにアナウンスが流れた。電車がもうすぐやってくる。わたしは再び立ち上がると、もう二度と座りなおしてしまわないよう、荷物を持って足早にベンチを離れた。

空が青かった。

熱海《あたみ》で新幹線に乗り換え、九時少しすぎに東京駅についた。東京へきたのは中学の修学旅行以来だと思う。改札を出るのに五分、駅から脱出するのに十五分近くかかった。外に出るとまず先に銀行に行き、窓口で百万円おろした。少し考えてもう一度整理番号をとり、追加で四百万円おろした。引き出した札束をボストンバッグに入れたらすごく重たくなったので、駅に戻って必要のない衣類や小物などをトイレのゴミ箱に捨てた。漫画用のノートだけはとっておいた。

それから、インターネットカフェを探して街を歩きはじめた。体中が汗まみれで、自分からすっぱい匂いが漂っている。

一時間半ちかくかかって見つけたインターネットカフェの受付で会員登録をするとき、すでに指名手配をされていて、通報されたらどうしようかと心配になったけれど、金髪の若い男の店員はとくにこれといった反応は見せなかった。フルフラットシートを選択し、おなかが減っていたのでカレーを注文した。食事を済ませると、とりあえず横になって目を閉じてみた。

眠れない。ついいつものくせで、英樹が出演したゲイ向けのアダルトビデオの映像を思い浮かべてしまう。法子がVHSにダビングしたものを、いつだったか見せてくれた。それは、地元の人たちの間でずっと前から出回っていたものだった。わたしはいつも通り濡《ぬ》れた。でもオナニーするのはさすがにやめておいた。そのうちに、寝入った。

三時間後に目が覚めた。夢は見なかった。

ぬるくなったコーラでのどを潤《うるお》した後、さっそくインターネットで「イタコ」と検索した。

そしてわたしは、イタコが青森県の下北半島《しもきた》という途方もなく遠い場所にしか存在していないことを、うまれてはじめてしった。東京に出てくればどんな願いも叶《かな》うと思っていたのに、いきなり出鼻をくじかれ、がっかりした。さらに調べてみると、そこにいけばいつでもイタコに会えるというのでもなく、祭りなどの特別なイベント時のみで、しかもかなりの行列状態になるらしい。探せばもう少し近場、たとえば岩手とか仙台《せんだい》とかにもいるかもしれないけれど、偽物か、あるいはセミプロレベルだったら意味がない。

イタコは早々にあきらめることにした。小腹がすいてきたのでミートソーススパゲティを注文して食べながら、今度は「死者」「召還」「霊視」「守護霊」「スピリチュアル」「透視」「オーラの泉」などさまざまなワードを組み合わせてネット検索した。そして、いくつかの占い師、スピリチュアルカウンセラー、霊媒師をピックアップした。

その中で、「とうこの部屋」というホームページを運営している占い師が、場所も横浜《よこはま》で近く、対面占いの予約も容易そうだった。「八歳のとき、交通事故で一ヶ月もの間生死の境をさまよい、目覚めたときには高い霊視能力が身についていた」といううたい文句に、なんとなくピンとくるものがあった。すぐに自分の携帯で電話し、即日の鑑定を申し出ると、運よくちょうどキャンセルが出たばかりとのことで、一時間後の予約がとれた。電話に出た女性は声がきれいで、とても感じがよかった。

それから三十分程度で横浜駅に着いた。

「とうこの部屋」は、駅近くのマンション四階にあった。日当たりの悪い、古くてカビの匂いのするマンションだった。

インターホンを押す。しばらくして「はーい、どうぞ」と軽やかな女の声が聞こえた。わたしは汗でぬるぬるの手のひらをズボンでぬぐい、ゆっくりドアを開けた。

花の甘い匂いがした。狭い玄関。正面に背の高いパーティションがあり、部屋の奥は見えなかった。

「こんにちはー、どうぞ」

そのパーティションから、髪の長い女がひょこっと顔を出した。女はニコニコと微笑んでいたけれど、こちらの姿を見て、すぐに表情を変えて走りよってきた。

「どうしたのー、あら、大丈夫？」

女は、いきなりわたしを抱きしめた。

「まだ若いのに、こんな苦労を重ねた顔をして、一体どうしたの？」

甘い声で囁《ささや》きながら、脂《あぶら》でベッタベタの髪や、汗だくの肩や腕を、冷たい手でなでる。

「かわいそうに。あなたは人の言うことを信じすぎてしまうのね。これまで、何度も裏切られてきたのね？」

「え？」

「人の言葉は、心の声で聞くのよ。信じられるのは、自分の心だけなのよ」

意味が全くわからない。

それなのにわたしは、気づくと獣のように号泣していた。

　そしてそれから三十分もしないうちに、わたしは女の前で全てを洗いざらいぶちまけていた。

「とうこの部屋」の室内は明るい雰囲気で、家具は白やピンク色のものが多く、占い部屋というよりはエステとかネイルサロンのようだった。占い師の「とうこ」こと垣根沢塔子《かきねざわとうこ》は、明るい茶色に染めた髪をくるくるに巻き、チェックのぴったりしたワンピースを身につけ、まるで女子大生のように若々しく装っているけれど、よく見るとファンデーションがかなり厚めだった。三十代前半ぐらいだろうか。もしかすると、四十歳をすぎているのかもしれない。

　というようなことを頭の隅っこで考えつつ、英樹にはじめてデートに誘われたときのことから、花瓶で法子を殴り殺してしまったことまで、号泣ついでにべらべらしゃべってしまった。

　わたしが殺人告白をしても、塔子は柔らかな笑顔を崩さなかった。それどころかわたしの汗まみれの手を握りしめ、「つらかったでしょう、もう安心して」と優しい言葉をかけてくれた。

　わたしはさらに大泣きした。

「つらかったのね」塔子はまた言った。「直美さん、大丈夫よ。今日聞いた話は、わたしの胸の中だけにしまっておくから安心して」

　わたしは涙をのみ込みながら、何度も何度もうなずいた。

「あのね、よく聞いて。あなたは優しいの。でも優しすぎるのよ。そして真面目すぎる。だから押し付けがましいことができなくて、どうしても人の気づかないところで優しさを発揮してしまうのね。まわりの人のことを、とても、たくさん、思いやってるのにね、誰も気づいてくれないのよね。でもわたしにはわかる。直美さん、今までよく頑張ってきたわね」

「そうなんですよ、うぐっ、誰もわたしのこと、うぐっ、ちゃんとわかってくれんくって、うぐっ」

「うんうん、そうよね。今まで、陰ながら人のためにいろいろ頑張ってきた。でも周りの人は、そんなあなたの努力に気づかない。わかる、すごくわかるわ。大丈夫。気の済むまで話したいことを話してごらん。全部わたしが受け止めてあげる」

言われるまま、幼少の頃から今に至るまでの身の上話を語って聞かせた。話すことがなくなって頭の中がまっしろになるまでしゃべり続けた。ふと息をついて時計を見ると、いつの間にか二時間以上たっていた。

「少し疲れたわね。休憩しましょうか」

塔子は一旦席をたち、冷たい緑茶の入ったグラスを運んできた。わたしは一気に飲み干した。

「あの、次のお客さんはこないんですか？」

「大丈夫、今日は他に予約はないの」

塔子はそう言ったけれど、一時間ぐらい前に彼女が手洗いにたったとき、お客らしき相手と電話しているような声を聞いた。予約のキャンセルを頼んでいるような口ぶりだった。

もしかして、実はひそかに警察と連絡を取り合い、わたしを引き渡す計画でも立てているのではあるまいか。急に不安になってきた。

「大丈夫よ、警察に通報したりしてないから」

　思わず、咳き込んでしまった。

「大丈夫？」

「なんか、心の中を読まれとる感じがして」

　塔子は何もいわず、ただニコッと微笑んで首をかしげた。

　わたしはゴクリ、とつばを飲み込んだ。これは……マジで本物かもしれないと思った。いや、そうだ、そう信じよう、この人に全てをかけるしかない。

「あの、それで……電話でお願いした件なのですが」わたしはおそるおそる切り出した。「さっき話した、わたしの友人の法子……死んだ彼女のことです。彼女の今の気持ちを知りたいのです。なぜわたしの婚約者とあんなことをしたのか、わたしに自首してほしいと思っているのか、それとも自殺しろと思っているのか。彼女の霊をここに呼べるんですよね？」

　すると、塔子はすっと自信なさげに視線をそらした。

「霊を呼ぶのとは少し違うの」塔子は声を低くして言った。「というより、わざわざ呼ばなくても、法子さんの霊はおそらく今もあなたの近くにいて、何かをあなたに訴えかけてる。その声を聞きとってあげるの。わたしがやるのはそういうことなの。簡単に言って」

「じゃじゃじゃじゃあ、今、法子はなんと言っていますか」

「今はまだ何も聞こえないわ。わたしのコンディションが整ってないから。いつでも聞けるってわけじゃないのよ、そんな簡単にできるものでもないの、当たり前のことだけど。少し時間がかかるわね。そうね、早くて三日、遅ければ二週間。いや、あるいはそれ以上。そもそもわたし、霊視は基本的に受け付けていないのよ。タロットがメインだから」

さっき電話で話したことと違う。わたしははっきり「霊視をしてほしい」と言った。塔子は「すぐにできますよ」と即答したのだ。

ハッ。これは。高い鑑定料をふっかけようとしているのではあるまいか。

「金額の問題じゃないのよ」塔子はぴしゃりと言った。「でも、いいわ。あなたがそんなに必死なら、わたしもいつもの倍、いや十倍努力してみましょう。なんとか頑張れば、今夜中にも聞けるかもしれないわ。そのかわり、条件があるの」

やっぱり金だ。百万でも二百万でも払うつもりだった。わたしは前のめりになって、「なんでしょう」と聞いた。

すると塔子は唇をもぐもぐと動かし、ブボッと咳き込んだ。そしてそのまま号泣しはじめた。

塔子は現在四十二歳で、今から七年前、十一歳年下の区役所職員の前田雄二《まえだゆうじ》と結婚した。出会いのきっかけはネットだった。その頃、塔子には夫がいた。その夫の度重なる浮気に悩まされていて、毎日のように雄二にメールで相談するようになった。多い時は一日に五十通以上のやりとりがあったらしい。塔子にとって、彼はいわゆるただのメル友だった。しかし、雄二は大人の女性に頼りにされたことでのぼせあがってしまったのか、そのうち「別れて俺と一緒になろう」などと熱い愛のメッセージを送ってくるようになった。やがて、塔子の夫は離婚届をおいて浮気相手のもとへ逃げていった。さみしさのあまり、塔子は彼を自宅に誘い、そのまま自然と同棲状態になった。

その頃の雄二は、まだ社会人一年目。当然、彼の両親は二人の交際に猛烈に反対した。塔子自身も、「自分たちは釣り合わないから、別れたほうがいい」と何度も彼に申し出た。ところが雄二は「塔子を幸せにするのは自分しかいない」と、まったく周りの言うことに聞く耳を持たない。そんな彼の燃えるような情熱に押され、やがて塔子も彼と一緒になる決意を固め、周囲の反対を押し切る形で、出会いからちょうど一年後、入籍を果たした。

半年もつかどうか、などと彼の父親に揶揄《やゆ》された結婚生活は、三年経っても幸せそのものだった。雄二は優しく、ほかの女には見向きもせず、家事を手伝い、休みの日にはいろいろなところへ連れて行ってくれた。塔子は結婚二年目から不妊治療をはじめ、雄二は医者に感心されるほど協力的だった。

その雄二の様子がおかしくなったのは、結婚してから六度目の正月に開かれた、高校の同窓会の直後のことだった。

そのとき、具体的に何があったのかは、いまだに聞けずじまいでわからないのだそうだ。夫婦の歳の差を誰かにからかわれたのかもしれないし、若い恋人や妻を持つ同級生に引け目を感じたのかもしれない。とにかくその日以来、雄二は塔子に対してよそよそしい態度をとるようになった。

帰宅時間が急に遅くなった。休みの日は何も言わずに一人でパチンコに出掛けてしまう。ときどきこちらの言うことをわざと無視する。セックスの回数も減った。塔子はストレスで生理が止まり、子供を作るのは絶望的な状況になった。

そして七年目の今年の春、浮気が発覚した。

相手は職場の契約社員。年齢は塔子よりもたった一歳だけ若く、しかもバツイチの子持ちだという。

あるとき、ほんの出来心で雄二の携帯電話を盗み見し、雄二が自分の知らない女と、一日五十通以上もメールのやりとりをしていることを知った。雄二は、「はやく離婚してはやく再婚したい」という言葉を、毎日かかさず浮気相手に送っていた。

すぐさま、塔子は夫を追及した。彼から返ってきた言葉は、「お前と別れたい」だった。

「でも結局、旦那は今も毎日うちに帰ってくる。相手の女から、子供がまだ小さいから一緒に暮らせないって、言われているみたい」

塔子はズババババッとものすごい勢いで大量のティッシュを抜き、あふれる涙をぬぐってついでにはなをかんだ。どちらが占い師でどちらが相談者なのか、もはやわたしにはわからなくなっていた。

「だけどこの間ね、ご飯食べてるときに言われたの。『一週間後に出ていく』って。『お前の顔を見ていると、吐き気がする、もう耐えられない』だって。ひどいと思わない？」

塔子はうわーんと声をあげ、子供みたいに大泣きした。わたしは何も言えず、ただ茫然とその様子を見つめるしかなかった。

というより、猛烈に眠いのだ。なにせほぼ徹夜の状態だ。

窓のむこうは、すでに薄暗い。とにかく寝たい。それ以外に何も思いつかない。

「女のところにはいけないいから、うちを出て一人暮らしをするって言ってる。でもそんなのウソ。無理やり女のところに転がりこむつもりなんだよ。そんなの許せない。他の女のところになんかいかせたくない。他の女にとられるぐらいなら、殺してやりたい」

塔子は口をつぐんで、わたしをじっと見た。何か意見を求められているような気もしたけれど、何にも思いつかない。ただ寝たい。今すぐこの床に寝っ転がって何時間でも眠り続けたい。

「だから、殺すのを手伝ってほしい」

言葉の意味は理解できた。でもその重大さはもうよくわからなかった。わたしは「はあ」と曖昧《あいまい》な返事をした。塔子は「じゃあ、決まりってことで」とさっきまでの号泣が嘘みたいにけろっと言うと、あわただしく身支度をはじめた。その間、

「もし裏切ったら通報するから」

「一人殺すも二人殺すも同じだから」

「成功したら、報酬として法子さんのことやってあげるから」

などと畳みかけるように言われた。気がする。眠すぎて、よく理解できなかった。

「とうこの部屋」を出て車に乗ると同時に、意識を失った。体を揺すられ瞼をひらくと、周囲は真っ暗だった。

外にでると秋の虫が鳴いていた。あかりといえるものは小さな街灯が一つだけ。塔子に続いて、闇の中を歩いていく。大きな建物を回り込む。暗い中でも、建物の周囲に背の高い雑草がわさわさと生い茂っているのがわかった。

「ここが、わたしの家」

引き戸を開けるとき、ぴしぴしと音が鳴った。中は外よりさらに暗かった。

玄関のあかりをつける。古い家だった。埃をかぶった下駄箱、音の鳴りそうな廊下、ぺしゃんこのスリッパ。塔子は右手の部屋の奥にさっと消えた。

しばらくの間、靴も脱がずその場に立ちつくしていた。長い一日だった。自分の人生がこんなところにたどりつくなんて、思いもよらなかった。高校生のとき、教室の隅っこでエロギャグ漫画を描いていたときのほうが百万倍、平和で幸せだった。あの頃に戻りたい。クラスメイトに殴られようが、つばをはきかけられようが、犯罪者になるよりずっとマシだ。今は漫画を描く余裕すらない。

すべて夢だったらいいのに、と思うけれど、これは夢じゃない。現実だ。

朝、塔子に起こされ二階の寝室から一階の居間におりると、中学生ぐらいの若い男が、こたつテーブルで朝ご飯を食べていた。

男はわたしに気づくと、みそ汁のお椀《わん》を持ったまま「うっす」と言った。そして、みそ汁を音をたてすすった。

「雄ちゃん、この子が友達のキヨミちゃん。今日から数日泊まらせるからね」

奥の台所から塔子が出てきて言った。わたしは一瞬叫びだしそうになった。昨日とは全く別人のおさげ髪のおばさん、いやおばあさんがいた。

「やだ、キヨミちゃん。そんなびっくりしないでよー。すっぴん見せるの初めてだっけ？　眉毛がないの変でしょ、恥ずかしい」

眉毛とかそういう問題じゃないと思った。顔面まるごと取り替えたとしか思えないほどの変貌ぶりだった。

わたしは雄二と向かい合わせに座った。あらためて彼の顔を真正面から見ても、やっぱり中学生にしか見えなかった。小柄な上、髪型はほぼ坊主に近い。顔のあちこちにニキビができているところなど、思春期の少年そのものだ。ただ、白いランニング姿の上半身はかなりひきしまってたくましい。塔子によれば、彼は学生時代、体操選手としてオリンピックを目指していたという。

ラグビー選手だった英樹も、雄二ほどではないけれど、たくましい体つきをしていた。とくに彼の、かたい二の腕が好きだった。

「ねえ、雄ちゃん。今日の卵焼きどう？　甘い味付けにしてみたの」

塔子は雄二の隣に腰を下ろし、彼の太腿に手を添えてしなだれかかった。雄二はあからさまにいやそうな顔になった。残りのおかずを口に放り込み、「ごっそさん」とつぶやいて立ち上がる。下は青いトランクス一丁だった。そのままその場でスーツを着て、無言で家を出て行った。

「わたしたち、親子に見えるでしょ」

親子どころか、おばあちゃんと孫に見える、とは口が裂けても言えなかった。

「あの人、昨日は直美ちゃんが寝たあとしばらくして帰ってきた。夜の十一時過ぎかな。昨日も女と会ってたみたい」

出された納豆を混ぜながら、わたしは塔子の顔をちらちら盗み見た。とにかくすごい顔だ。メイクだけでああも変わってしまうのか。とてつもない技術だ。おばあさん顔におさげ髪というヘアスタイルも、なかなかインパクトがあった。しかもパジャマはショッキングピンク。そういえば昨夜寝る前、黄色とピンクのどちらがいいかと聞かれたっけ、と思いながら自分を見下ろすと、まばゆいばかりの蛍光イエローのパジャマを身につけていた。

「雄ちゃん、明明後日《しあさって》の夜、ここを出ていくんだって。女のところにいくわけじゃないみたい。同僚のルームメイトが田舎に帰るから、代わりに入れてもらうことになったとか言ってた。だから、チャンスは今日と明日と明後日の晩の三回しかないの」

「チャンス?」

「殺すチャンスだよ」

「あっ……ああ」アレって本気だったんだ、という言葉を飲み込んだ。

「作戦はもうたててあるから。その通りに実行すればすべてがうまくいくから。直美ちゃんはわたしの言うとおりにやればいいだけだから」

「はあ……」

「雄ちゃんに昨日、『キヨミちゃんは旦那さんにDVされてて、数日うちでかくまうことになった。でも、旦那さんがここまで追いかけてくるかもしれないから、明日はなるべくはやく帰ってきてほしい』って言っておいた。あの人、ああ見えて正義感の強いタイプなの。たぶん、今日はどこにも寄らずにまっすぐ帰ってくると思う。だから今夜ね、『キヨミちゃんを励ます会』をやるから。それで、とにかくあの人に酒を飲ませて、つぶれるまで酔わせて、そのあと、二人でお風呂に運んで、水死させるの。わたしたちは雄ちゃんが風呂に入る前に寝たことにして、朝方死体発見、救急車を呼んで一芝居。完璧ね。簡単そうでしょ？」

簡単なのかそうでないのか、わたしにはよくわからなかった。救急車を呼んだあと、わたしはどうすればいいのか。そしてどの段階で法子の霊視をしてもらえるのか。しかし、塔子がいそいそと台所に戻って皿洗いをはじめたので、聞くタイミングを逸してしまった。

こたつテーブルの上に、テレビのリモコンがあった。つい自然と手を伸ばしかけて、すぐに引っ込めた。自分のことがニュースに取り上げられているかもしれない。現実を見るのが怖かった。

「ニュース、気になるの？」

塔子が聞いた。わたしはハッと顔をあげた。

塔子がテレビをつけた。プロ野球中継のような映像が映し出された。次々にチャンネルを変えていく。どの番組も似たような映像を流している。

「現役のプロ野球選手が奥さんと子供を殺して逮捕されたのよ。あ、この人だよ。知ってる？　わたし、スポーツ全然興味ないから、全くわからないんだけど」

「あー、結構有名な人だと思います」

法子が野球好きで、顔のかっこいい選手の話をよくしていた。この犯人のことも聞いたことがあった。

「そうなの？　どれくらい稼ぐの？」

「さあ……やっぱ一億とか二億とかじゃないですかね」

「へえ……。昨日からニュースもワイドショーもこのネタばっかり。この人、ずっと浮気してて、奥さんと子供殺したあと、試合さぼって浮気相手のところに逃げ込んでたんだって。とにかく、あなたの事件なんか、とりあげている余裕なしって感じ。それでもね、一応インターネットで調べてみたよ。いくつかの新聞で記事になってる。静岡のペンションで若い女性の他殺死体発見って。でも、扱いは小さなものよ」

わたしの実名がすでに新聞に載っているのだろうか。怖くてとても聞けなかった。

「あなたの名前は出てないわ。ただ、一緒に宿泊していた女性が行方不明で、事情を知っていると見て警察が……みたいなことは書いてあった」

警察がわたしを追っている。急に、自分がとんでもない凶悪犯になったような感じがした。

いや、わたしは紛れもなく、正真正銘の犯罪者なのだけど……。

こんなところで、ぼやぼやと朝ご飯なんか食べていていいのだろうか。ほかにやるべきことがあるんじゃないか。

「何にも不安に思わなくていい。わたしの言うことを信じなさい。そうすれば、あなたの気持ちは救われる」

塔子は静かにそう言って、また台所へ戻っていった。

その日、日中は「とうこの部屋」までついて行き、掃除をしたり電話番をしたりと雑用をこなした。町中に出るのは嫌だったけれど、塔子はわたしを一人にはしておきたくないようだった。

午後のあかるいうちに店じまいして、マンションを出た。昨日は眠ってしまってよくわからなかったけれど、塔子たちの住む家は、横浜駅から車で一時間ぐらいのところにあった。周りはトタンや木造の古い家屋ばかりの、寂れた住宅地だった。その中でも、塔子の家はひときわ古い。もともとは彼女の祖母の家なのだという。地名などはあえて聞かずにおいた。そこが神奈川県内であるのかどうかさえ、わたしにはわからない。

雄二はすでに帰宅していた。

朝ご飯を食べていたときと同じ場所で、携帯で誰かと話している。今朝と同じ白いランニングシャツ、下は今朝とは違う赤いチェックのトランクス。

わたしたちの姿に気づいても、とくにあわてる様子もなく、「おお、じゃあまた明日」と言って、電話を切った。

塔子は何も見なかったような顔でいそいそと台所に入り、食事の支度をはじめた。わたしはどうすればいいのかわからなかったので、支度がおわるまで居間の端に立って待っていた。

しばらくして、テーブルにさまざまな料理が並べられた。肉じゃが、蟹《かに》の寿司、エビチリ、餃子、メンチカツ、ビーフシチュー。どれも雄二の好物らしい。塔子が昼、デパートで買ってきたものが多かった。

「ではこれから、キヨミちゃんを励ます会をはじめまーす」

塔子が宣言し、夫婦はビール、わたしはウーロン茶で乾杯した。

静かな宴だった。

というか、全員無言だ。

雄二の鼻息ばかりが耳につく。

塔子によれば、雄二は酒に相当強いらしい。泥酔させるには、かなりの量を飲ませる必要がある。

雄二はビールをあっという間に三缶空けた。その後、ハイボールをジョッキで五杯飲み、缶チューハイを一缶挟んで、「今日は宴が楽しいから特別にワインを飲む」と、全く盛り上がっていないのにそんなことを言いながら、自分でワインではなく芋焼酎を持ってきて、ロックで飲みはじめた。

その時点で夜の十一時を回っていた。

誰もほとんど口をきかなかった。

最初につぶれたのは、塔子だった。

しらないうちに、塔子専用だった日本酒の瓶の中身が半分になっていた。突然、ビターンとテーブルに向かってうつぶせに倒れ、そのままぴくりとも動かなくなった。三分ぐらいしてガフォッといびきをかきだすまで、死んだんじゃないかとハラハラした。

「じゃあ、あとたのんます」

雄二は全く動じることなく、まっすぐ立ち上がった。そのままトコトコと二階に上がっていった。

塔子は、朝まで目を覚まさなかった。

わたしは一晩中、こたつテーブルにつっぷして眠る彼女の姿を見つめていた。身じろぎをするたび、黒く太いおさげが生きているみたいにうねうね動いて気味が悪かった。長い夜だった。

「あいつに酒で勝とうとしたのが、間違いだったわ」

雄二が仕事に出かけてすぐに目を覚ました塔子は、悔しげに舌うちをして言った。ファンデーションがはがれかけた顔面は、呪われた人形みたいな恐ろしさをたたえていた。無理な姿勢で眠り続けたために首の筋を痛めたようで、しばらくの間、畳の上に横になってボエーボエーとうめいていた。

塔子はその日の予約客を全てキャンセルし、その後、二階の寝室に引っ込んだ。わたしは居間で座布団を布団にしてうたた寝した。午後四時頃、塔子がどこかに電話をしている声で目を覚ました。そのまま、外へ連れ出された。三十分後、塔子はスーパー銭湯の駐車場に車を止めた。車外に出ることなく、その場でまたどこかに電話をかける。しばらくして、黒いハッピを羽織った年配の男が姿を現した。

男は窓越しに茶色の紙袋を差し出した。塔子は無言で受け取り、挨拶もなく車を出した。袋の中身が大量の睡眠薬と精神安定剤だと知らされたのは、家に帰って夕飯の支度をしているときだった。

さっきのハッピの男は、スーパー銭湯の支配人で、「とうこの部屋」の得意客らしい。長年、不眠症に悩まされていて、あちこちの医者に通い、常に大量の睡眠薬や精神安定剤の類を保有しているという。

何と言って薬を譲ってもらったのか、信用できる男なのか、など聞きたいことは山ほどあったけれど、どんなふうに聞けばいいのかわからなかったので、何も聞かなかった。

塔子は薬を全て粉状にし、二人で作ったハヤシライスとカボチャサラダとコンソメスープに混ぜ込んだ。もちろん酒にも入れるつもりだそうだ。雄二が眠りこんだあと、風呂場に運んで溺死させるという作戦に変更はない。たとえこれでうまくいったとしても、警察が死体を解剖したらいろいろとマズいことになるんじゃないかと思ったけれど、やっぱり何と言えばいいのかわからず、また、はりきっている塔子に水を差すようでわたしは何も言えなかった。

雄二は昨日より少し遅く帰ってきた。すぐに風呂に入り、食卓についたのは七時過ぎだった。

今日もランニングシャツにトランクス一枚だ。この人は、室内にいるときは下着姿が基本スタイルらしい。いただきます、とつぶやき、まずはビールを飲む。それからハヤシライスをスプーンでゆっくり、ゆっくりすくいはじめる。やたらとスローな動きだった。まるで要介護の老人のようだ。塔子もわたしも、彼の動向を熱視線で見守っていた。

そして雄二はぱくっと一口、ハヤシライスを口に放り込んだ。

「どう？　味は」塔子が聞いた。

「うまいよ」

「変な味とか、しない？」

「しないけど」

「本当？　キヨミちゃんが作ってくれたのよ」

雄二はその言葉には無反応だった。そのままガツガツと勢いよく食べはじめる。あっという間に一皿平らげると、おかわりを要求し、二皿目もものの数分でぺろりと片づけてしまった。

「ちょっと、トイレいってくる。ハイボールとつまみ用意しておいて」

塔子は大急ぎで空いた皿を下げ、ウイスキーとソーダと氷、それからあらかじめゆでてあった枝豆を出した。そしてウイスキーの瓶の中に粉末状の薬を注ぎ入れ、箸で混ぜた。枝豆にまで粉を振りかけようとしたので、それはさすがにバレバレだと言ってやめさせた。

支度が整っても、雄二はなかなか戻ってこなかった。

「おそいね、雄ちゃん」

「そうですね」

「うんこかな？」

「……さあ、どうでしょう」

「あんま夜にうんこしない人なんだけどね」

「そうなんですか」

「うん。朝必ずして、夜はしないの」

そのとき、廊下の向こうから、ドスンと何かが倒れたような大きな音が聞こえた。

わたしたちは反射的に顔を見合わせ、大慌てでトイレに向かった。

トイレのドアは、どういうわけか施錠されていなかった。雄二は便器を抱え込むようにして、眠りこけていた。

「思っていたより、効くのがはやかったね」

「どうするんですか、これから」

「……とりあえず、居間に運ぼう」

塔子が腕を、わたしが足を持って彼を持ち上げた。二人がかりでもさすがに重たかった。居間にたどり着く頃には、二人とも肩で息をしていた。

畳の上に乱暴に投げ出しても、雄二は目を覚まさなかった。

「どうするんですか、これから」

わたしはさっきと同じ言葉を口にした。

「服を脱がして、風呂に入れるの。それで溺死させるのよ」

塔子はその場にひざまずき、ランニングシャツとトランクスをはぎ取った。あらわになった下半身に、わたしは思わず顔をそむけた。

しかし、いつまでも目をそらし続けるわけにもいくまい。ハアッと息をついて気合をいれ、ゆっくり視線をそこへ向けた。

予想外に、ピンク色だった。あと、小さくて、毛が少ない。

「風呂沸かしてくる」塔子はそう言って、居間を出ていった。

仕方なく、わたしは雄二の隣に腰を下ろして休憩した。見ないように、見ないように、と思っていても、つい視線がそこへ向いてしまう。わたしは塔子が戻ってくるまでの間、雄二の睾《こう》丸《がん》が、まるでそこだけ別の生き物のように、ゆーっくりと自動で上下するさまを観察していた。

やがて、風呂が沸いた。さっきと同じように、わたしが足を、塔子が腕を持ち、わたしが先導する形で雄二を運びはじめた。

ちょうど、居間と風呂場の中間あたりまできたときだった。塔子がひゃっと声をあげた。

「なんか、今、ボトッて音がしなかった？」

「いや……」

「とりあえず、これ重いから先に進もう」

そしてまた一歩踏み出してすぐ、塔子が今度は「ヤダッ」と叫んだ。

「なんですか」

「なんか、踏んでない？　わたし」

わたしは雄二の体の下から彼女の足元を覗きこんだ。瞬間、背筋に冷たいものが走った。

「踏んでます」

「何を」

うんこです、という言葉を発するのに、三十秒近くを要した。

その後はまさにパニック状態だった。塔子が雄二の腕を放り投げ、廊下に彼の上半身がバシーンと振り下ろされた。雄二はウオウウッとうめいて体を丸めた。起きてしまうかと思ったけれど、なんとかまだ眠っている。「ちょっと、やだ、信じらんないっ」などとわめき散らしている塔子をなだめつつ、わたしはトイレから雑巾とトイレットペーパー、ゴム手袋を持ってきて、それを処理した。必死だった。そして無心だった。雄二の尻拭きだけは塔子にやらせた。

全てが片付き、居間の畳の上に雄二を放りだした瞬間、しらない人の家でしらない男のうんこを処理させられるわたしは一体何のために生きているのだろうと途方に暮れた。

わたしも塔子もすでに疲労困憊《こんぱい》だった。雄二を二階に運ぶ気力など毛頭なく、布団もかけずに素っ裸のまま居間に放置した。朝起きたら、彼はすでに仕事に出かけた後だった。

「薬の量が多すぎたわ。ご飯食べたあと、お酒に入れるぐらいでちょうどよかったかも」

散らかったままの食卓を片づけながら、塔子は疲れ切った口調で言った。

「今夜が最後のチャンスね」

その日も塔子は仕事を休んだ。とくに何をするでもなく、二人でずっと居間のこたつテーブルの前に座ってぼうっとしていた。

そしてその晩、雄二は日付けが変わる直前になって帰ってきた。しかも、一人で歩けないほど泥酔していた。

タクシーから路上に倒れ込んだ雄二を、昨夜と同じように二人で持ち上げ部屋に運んだ。これほどよっぱらっている姿を見るのは、塔子が彼と知り合って以来、はじめてだという。

雄二は畳の上で、臭い息をフガフガもらしながらバカな犬のようにごろごろ転がっている。

それを見下ろしながら、「今こそ絶好のチャンスですよ」とわたしは言った。

「このまま風呂に運べば、薬も飲まさずに溺死させられます」

わたしはさっそく雄二の服を脱がしはじめた。シャツをはぎ取ると、アルコールと汗が混ざりあった悪臭に吐き気をもよおした。でも我慢するしかない。わたしが必死になってやっているのに、塔子はその場にぼうっと突っ立っているだけだった。

「塔子さん？」

呼びかけると、塔子は我に返ったように瞬きをした。屈みこんで雄二のベルトを外しはじめる。

ところが、ベルトを外したあと、なぜかすぐに締め直した。

「何をしてるんですか」

注意すると、すみやかにまた外し、しかし再び締め直した。わたしはもう一度、今度は少しきつめに「ちゃんとやってください」と注意した。塔子はあたふたしながらベルトを外し、そしてまたしてもすぐに締め直した。

「あんた、ちょっと何しとるの？」

イラッとして、つい方言丸出しでそう言ってしまった。塔子は困惑したような顔をあげ、そして突然わーっと泣き出した。

「ごめーん、直美ちゃん。わたし、無理ぃー」

「は？　何が？」

「できない。この人を殺すことなんてできないのー」

「いや……ちょっと」

「ごめん、もうやめようー」

塔子はまたわーっと声をあげた。そのくしゃくしゃの顔を見ているうちに、むかついて仕方がなくなってきた。このババアはこんなことに人を巻き込んでおいて、今更何を言っているのか。昨日など、会って二日の男のうんこの後処理までさせられたのだ。わたしはすっくと立ち上がった。そして雄二の脇に両手をさし入れた。自力で風呂場に運びこむつもりだった。ここまで泥酔していれば、一人でもなんとかなるような気がした。風呂に入れて頭を押さえつけるだけだ。

「直美ちゃーん、やめてー」

「うるさいっ、そこっ、どいてっ」

もう意地しかなかった。自分でもなぜここまでムキになるのか、よくわからなかった。どうにでもなれという気分だった。

ズルズルと雄二の体をひっぱりはじめた。すると塔子がガバッとおき上がり、猛然と風呂場へむかってダッシュした。

あ、と気づいた時にはもう遅かった。あわてて後を追ったけれど、すでに風呂の栓が抜かれ、しかも塔子は洗面器で湯をかきだしていた。

ならばとわたしはすぐに引き返し、台所から手ぬぐいを持ってくると、迷うことなく雄二の首に巻きつけた。

「しねえええええ」

自分の口からそんな恐ろしい声と言葉が出たことに、少し驚いた。背後から塔子の悲鳴が聞こえた。わたしはさらに力を込めるため、右ひざを立てて体勢を整えようとした。

そのときだった。

両手首をものすごい力で摑《つか》まれた。

ほとんど眠っていたはずの雄二が、カッと両目を見開いている。

雄二はうめき声をあげた。とてつもない力で体をひっぱられる。視界がぐるぐる回った。気づくとわたしは廊下の上にあおむけになっていて、そのわたしの上に雄二が馬乗りになっている。わたしは恐怖と怒りでますますわけがわからなくなり、手足をばたつかせながら、うおーっと雄たけびをあげた。

「もう、いいんだ」雄二が言った。

「ハッ。意味わからんしっ、ちょっと、重いがや、デブ、はよ降りやあって、このクソ男ッ」

雄二の目が再びカッと見開かれた。バシーンと強烈な張り手を頰に食らわされ、一瞬で気を失った。

ふりをした。

二人はわたしを、昨日わたしたちが雄二をそうしたように、腕と足を持って居間に運びこむと、すぐ横でひそひそと話しあいをはじめた。

それを盗み聞きするうちにわかったのは、この数日間のできごとは全て茶番だったということだ。

一日目の晩、塔子は雄二を殺害する決意が揺らぎ、普段は決して飲まない日本酒を大量に飲んでわざとつぶれた。そして、そのときすでに、そんな塔子の様子に雄二は異変を感じとっていた。翌日、夕食を食べる前にふと見たゴミ箱の中に、薬の空容器がてんこ盛りになっているのを見つけ（塔子によれば、それもわざとらしい）、雄二は自分の身に死が迫りつつあることを確信した。新婚当初、浮気をしたら夕飯に薬を混ぜて殺すと脅されたことが、脳裏をよぎったのだという。だからといって、薬を混ぜただろうと言うのも気が引けた。思い過ごしの可能性もある。とりあえず出されたものは食べ、すぐにトイレで吐き出した。そのとき、このまま眠ったふりをして、二人がその後どのような行動をとるか見てみようと思いついた。そして彼が恐れていた通り、わたしたちが彼を殺害しようとしていることが判明した。

脱糞《だっぷん》は、自分が気づいたことを二人に知られずに殺害を断念させるための、苦肉の策だったらしい。他にいくらでもやり方があったんじゃないかと抗議したい気持ちをわたしはぐっと抑え、狸《たぬき》寝入りをし続けた。

そして今夜。雄二は迷った。家に帰らずに逃げるべきか。それとも、腹をわって話し合いをするべきか。決心がつかないまま、勤務先を出た後ずっと近所の飲み屋で飲んだくれていたという。そんな異様な精神状態で飲酒したせいか、いつもの半分の酒量でかつてないほど泥酔してしまい、その後どうやって家までたどり着いたのか記憶がなく、気づくとわたしに首を絞められていて、あまりの苦しみに突然覚醒《かくせい》したのだそうだ。

彼らはそうしてすべてを打ち明け合うと、二人して声をあげて泣いた。そして抱きしめ合い、やがて愛の言葉をささやきはじめた。どうやら塔子は雄二の浮気を許すつもりのようだ。そして雄二も、浮気相手との関係を断つつもりのようだ。そもそも数日前に、雄二のわがままが原因で相手から別れを告げられていたそうだ。二人は泣き続ける。もう完全に、わたしのことなど視界からも脳裏からも追い出してしまったらしい。オイオイという泣き声が、なまめかしいあえぎ声と荒い息遣いに変化するのに、そう時間はかからなかった。

二人は畳の上で、わたしの真横で、ほとんど休憩なしで、三回ヤッた。

その間、自分は今、超デカい石なのだと、己に言い聞かせ続けた。目をきつく閉じ、ただただ時が過ぎ去るのを待った。

そのうちに、寝入った。

夢を見た。

水辺にいる。

霧が深く、視界はだいぶ狭い。さみしい気持ちで歩いていると、向こうから白く細い手が伸びてきて、手首をつかまれる。法子だった。

中学時代の法子だった。ショートカットで、今より少しふっくらとしていて、唇の赤い法子。制服のスカートを短くして、ラルフローレンの靴下をはいている。

「直美、ごめんね」法子は言った。

「直美の言うとおり、わたしずっと英樹のことが好きだった。あの人が東京からこっちに帰ってきたときから、ずっと付き合いたい、結婚したいと思ってた。だけど、ちっともふりむいてくれなくて辛かったの。そんなときに、直美と彼が付き合うことになったと聞いて、もう悲しくて悔しくて、どうしようもなくて、友達としてとてもひどいことをしてしまった。本当にごめんなさい」

法子はなぜか、とてもきれいな標準語のイントネーションで話した。そうして、オパールのように不思議に光る涙をぽろぽろ流す。

そんなことない、ひどいことをしたのはわたしだ、と言いたいのに、のどが詰まって声が出ない。

「わたしは殺されて当然だと思うの。だって、わたしたちはお互いにたった一人の親友なのに、その親友を裏切るようなことをしてしまったのだから。直美、わたしの話をよく聞いて。英樹はあれから毎日ずっと、直美からの連絡を待ってる。携帯も肌身離さず、夜は一時間おきに起きて着信を確認してる。大丈夫、英樹なら十年でも二十年でもあんたのことを待ってくれる。英樹にはもう直美しかいないんだよ。あの人は本当に、直美のことを愛してるんだよ。ずっと彼を見てきたわたしが言うんだから間違いない。だから、現実から逃げちゃだめ。自殺するなんてもってのほか。最後に一度、英樹に会って、顔を見せてあげて。それから自首して、できるだけはやくきれいな身体になって、彼のもとへ帰ってあげて」

法子は涙を飲み込むように、深く息を吸い込んだ。それから、ニコッと微笑んだ。「幸せになって、直美」

気づくと、わたしの目からもオパールの涙がこぼれている。霧はまたさらに深く濃くなって、法子の顔はもう見えない。思い出せない。

「それはあんたの願望が反映されただけの、ただの願望夢だね。法子の霊でもなんでもない。ていうか、霊なんて存在しないから」

塔子は厚めに切ったたくあんを噛《か》みつつ、食べかすをぼろぼろふき飛ばしながら言った。

その横では、雄二が朝から鳥のからあげをむしゃむしゃ食べている。昨晩ろくな食事もとらず三度もセックスしたので、腹が減って仕方がないようだ。

ため息すら出なかった。むかついてしょうがない。さっき塔子から「霊視も占いも全部でたらめでやっている」と、全く悪びれる様子もなく堂々と宣言されたばかりだった。

その上、さらにこの身も蓋もない発言。お前の旦那のうんこの後処理までしてやったのになんて仕打ちだ、と思ったけれど、口に出す勇気はなかった。

「でも、その法子って子さー」塔子は指でつまんだたくあんをひらひらさせながら言う。「よっぽど直美ちゃんのこと、見下してたのねえ」

「……どういう意味ですか」

「直美ちゃんは鈍感でお人好しだから、自分に親切にしてくれる優しい子って思ってたみたいだけど、それは大きな間違いよ。法子はね、自分より何もかも下の人間をそばに置いておくことで、常に優越感にひたっていい気分になってただけのクソ女よ。だって……」塔子はフンと鼻で笑った。「たとえばさ、五年生のときに声をかけてくれた斎藤さんだっけ？　法子に、仲良くしないほうがいいよってアドバイスされたって子」

「それがなんですか」

「彼女、可愛くて人気者だったんでしょ？　そんな人気者と直美ちゃんが仲良しになるのが、単純にイヤだったのよ。嫉妬よ。それで、運動会でどうのこうのとかいったしょうもない嘘ついたの」

「それは違うと思います」

「それから、中学生のときに美術部に入るのを反対された件」

「……」

「ヤンキーがどうのとか、作り話だね。直美ちゃんを演劇部に引き入れて、雑用係としてこき使いたかっただけ。実際、ずっと雑用やらされてたんでしょ？　後輩の衣装まで手縫いしてたんだっけ？」

「それは、わたしがセリフ読むのが、下手だったから……」

「あとね、黒板に漫画貼り付けたのは、他でもなく法子の仕業です」

「それは絶対に違います」

「いや、間違いないね。それからさ、瞼の整形も彼女の薦めでやったとか言ってたけどさ、医者は当時の彼女の不倫相手なんでしょ？　しかも治療費が百万？」

「……百二十五万円です」

「ハッ。あきれるわ。それ、詐欺よ。二人でグルになって、お金だまし取ってる。たかだか瞼の整形で、百万以上もかかるなんて聞いたことないもの」

「後々、ズレたり、変になったりしないように、普通の人にはやらない特殊な手術をしてもらったんです。本当は二百万くらいするのを、法子のコネで、特別価格で……」

ずっと黙っていた雄二が、みそ汁をすすりながらブッと吹きだした。わたしはそれ以上話す気をなくした。

わたしはぎゅっと目を閉じた。そして、夢に出てきた法子の顔を思い出そうとした。あれは、霊界から届いた法子からのメッセージだ。そうに違いない。彼女の気持ちが知りたいというわたしの願いが、法子の魂を呼び寄せたのだ。

「鈍感すぎるのも大概にしないとねえ。ていうか、本当はちゃんとわかってるんじゃない？でも、現実を直視することを常に放棄して、何でも自分の都合のいいように解釈しているだけなんじゃないの？」

意味がわからなかった。

「そのゲイポルノに出てた英樹ってやつのこと、法子も本気で好きだったのは間違いないでしょうね。あなたに盗られて、よっぽど腹が立ったのねえ。携帯の画像を見せたのは、わざとだと思うわ」

「わたし、もういきます」

「彼女が話していたことで唯一信用できるのは、その英樹って男が、金目当てで直美ちゃんに近づいたっていう話だけね。本当にそうだと思うわ。どっちもクズ人間よ」

「そんなことありません」

「そんなクズのために、人生棒に振るもんじゃないわ」

わたしは立ち上がり、二階の和室から自分の荷物を持ってきた。もう一度居間に戻ると、二人の顔を見ないまま、「どうも数日間お世話になりました」と頭を下げた。

「直美ちゃん、わたしのこと、『偽占い師のくせに何わかったようなこと言ってるんだ』って思ってるでしょ」

「……」

「確かに、わたしはでたらめで占いをやってる。でも、でたらめなようででたらめじゃないの。わたし、昔からいろいろなことが勘で見抜けちゃうのよ」

雄二がからあげを咀嚼《そしやく》する、ムシャムシャハムハムという音が部屋に響いている。ふと、窓の向こうを見る。小雨が降っている。

「わたしには、全てが見えるのよ」

「じゃあどうして、雄二さんの浮気は見抜けなかったんですか」

ムシャムシャハムハムという音が途絶えた。雄二の顔をチラッと見ると、空中の一点を見つめたまま超高速で瞬きしていた。

「わたしは、雄二さんが浮気相手とすでに別れているって話は嘘だと思いますけど。何でも勘で見抜ける人が、なんでそんなことに気づかないのかわかりません」

「自分のことだけはわからない。本物の占い師も、自分についての占いはなかなかできないっていうし。本物の占い師が実在するのかしらないけど」

「言ってることがよくわかりません」

「とにかく、わたしたちが出会ったとき、最初にわたしが言ったことを、思い出して」

塔子の顔を見る。穴のあくほど見る。何も頭に浮かばなかった。わたしは二人に背を向け、古い家を出た。

大通りに出てタクシーを拾い、近くの駅前で降りた。念のため、駅前のスーパーでサングラスを買った。何度か電車を乗り換え、昼前に新横浜駅に着いた。

駅でシウマイ弁当を買った。ふと思いつき、人生ではじめてグリーン車に乗ってみた。おしぼりをもらえることはしっていた。スリッパがあることもしっていた。けれど、ゴミを片づけにきてくれるとはつゆほども思っておらず、とても感動した。生きていると思わぬところで思わぬ驚きがあるなあ、と感慨深く思った。

こうして自由を味わえるのも、あと数時間のことかもしれないのだ。

そういえば、漫画用のノートはどこにやっただろう。バッグを探ると、いつの間にかなくなっている。塔子の家においてきてしまったのだろうか。まあいいか、とすぐ思う自分に少し戸惑う。

法子を殴り殺して以来、ずっと描いていない。こんなに間が空くのは、小一のときに描きだして以来、はじめてかもしれない。

思えば、恐ろしいまでにばかばかしいエロやギャグを描くことで、わたしはずっと現実から目をそらして生きてきた。自分をとりまく全てがあまりに辛く苦しいから、ばかばかしいエロギャグ漫画の世界に没入することで、なんとか日々をやり過ごしていた。

わたしは一生、そんなふうに生きていくのだと思っていた。

地元の新幹線駅に着いてもしばらくの間、どうするべきか決心がつかず駅構内をぐるぐる歩き続けた。一時間ぐらいして何とか勇気を奮い起こし、駅を出てタクシー乗り場へ向かった。

タクシーの列に並んだところで、万が一自分の顔写真がタクシー会社に配布されていたらまずいと気づいた。神奈川のタクシーは大丈夫だったけれど、こっちは危険かもしれない。バスも心配だ。しばし迷い、徒歩しかないと結論が出た。

水野米商店に着く頃には、すっかり日が傾いていた。

すごく疲れた。でも、もうあと少しで全て終わる。

三つ手前の角まで戻り、公衆電話の受話器を持ち上げた。英樹の携帯はすぐに留守電につながってしまったので、店のほうにかけてみた。英樹を出してくださいお願いします、と天国の法子に祈りながらコール音を聞いた。電話に出たのは彼の兄の貴弘《たかひろ》だった。

「あ、あの、英樹さんはいますか」

貴弘はフンと息をもらすと、こちらの名前も聞かずに保留ボタンを押した。「エリーゼのために」のメロディーが流れだす。緊張で、昼に食べたシウマイが出てきそうだ。

保留音はなかなか止まらない。同じメロディーがすでに五周していた。そのとき、背筋にビビッとくるものがあった。なんとなくバッグを開けて中を見てみた。携帯の着信ランプが光っている。

知らない番号からの電話だった。公衆電話の受話器を左に持ち替え、携帯を右頰に当てた。

「もしもし、塔子だけど」

鼻声だった。泣いているらしい。

「なんですか」

「雄ちゃんが女と蒸発した」

「え？」

「さっき、雄ちゃんの職場から電話があって、ご主人が出勤していませんって。嫌な予感がして金庫を見てみたの。通帳と印鑑がない」

その先は、もう何を言っているのかほとんどわからなかった。アイシテルッテイッタノニーという言葉だけ、かろうじて聞き取れた。

そのとき、「エリーゼのために」がプツッと途切れた。

「あ、もしもし、どちらさん？」

そう言う英樹の声は明らかに寝起きだった。くしゃくしゃの髪を長い指でかきまわす、彼の眠たげな顔が脳裏に浮かんだ。塔子のことなど一瞬でどこかに飛んでいった。

茶色くて猫っ毛の髪、唇の横のほくろ、細くて長い指、浅黒い皮膚。

「もしもし、直美です」

受話器の向こうの相手はしばし黙った。フーフーと鼻息の音。

「……マジで直美？」

「うん」

「お前、どこにおるの？」

「あー……えっと」

「言いたくないなら、言わんくっていいわ。お前が無事ならそれでいいで」

その瞬間、涙が滝のようにあふれた。やわらかな、懐かしい声だった。やっぱり、彼を信じるべきだと思った。わたしにはこの人しかいない。あの日からいろいろあったけれど、天国の法子がここまで導いてくれた。

「お前と法子の間に何があったのか、そんなこと、俺はどうでもいいと思っとるんだわ。だから何も気にしんくっていい。お前が何をしようと、俺は直美の味方なんだで」

「ありがとう」

「うん。……で、直美、お前これからどうすんだて？　今どこ？　もしかして、本当は結構近くにおるんじゃないの？」

どうしてわかるんだろう。いや、わたしたちは心が通じ合っているから、愛し合っているから、わかってしまうんだ。わたしは声に出さないで、ただうなずいた。

「この間、お前のお母さんとも話した。心配しとった。このままずっと逃げ続ける気なんか？」

また、黙って首を振った。胸がいっぱいで声が出ないのだ。

「銀行から金おろしたの？」

予想外の質問に、思わず「え？」と声が出た。

「お母さんが言っとった。『銀行から何百万もひきだしたみたい』って。お母さんは、警察から聞いたらしいけど」

「……」

「直美、本当は近くにおるんだろ？　自首するの？　逃げるの？　なあ、最後に一度、どっかで会おまい。直美に会いたい。顔が見たいわ」

「英樹、わたし、自首するわ。つかまったら、十年以上出てこれんと思う。出てくるまで、待っとってくれる？」

「もちろん」

英樹は即答した。

「手紙くれる？」

「書くよ。この数日間、お前に会いたくて、お前と話したくて、何枚、いや何十枚、いや何百枚も手紙書いた」

「面会に来てくれる？」

「もちろんいったる。あたりまえだが。何度でもいく。直美、俺にはもうお前しかおらんのだで。お前のこと、本当に愛しとる」

その瞬間、せつなさで胸がつぶれそうになった。

夢の中で、法子も同じことを言っていた。やっぱり、あの夢は法子からのメッセージだったのだ。また、涙がこみ上げた。息が苦しい。辛い。これから刑務所に入らなければならないなんて、辛すぎる。でも、わたしは幸せ者だと思った。罪を犯しても、待っていてくれる人がいる。

「なあ直美。法子のことでさ、いろいろ誤解しとるかもしれんけど、俺が愛しとるのは、お前だけなんだわ」

「うん」

「だもんでさ、最後に一度会おう。今、どこにおるの」

「でも、英樹の顔を見たら、どこにもいきたくなくなってまう。このまま、警察にいったほうがいいかも」

「ちょ、待ちゃーって。じゃあ、おろした金はどうするの？　まさかこの数日で使い切ったの？」

「どうするって……」

「俺が、預かろうか。お前が娑婆に出てくるまで預かっとくわ。そうだ、将来の結婚資金にすりゃいいが。このまま警察いったら、その金、警察に没収されてまうわ」

パパパパーンとラッパの音が頭の中で鳴り響いた。結婚資金。胸のときめく言葉だった。

「俺の言うこと、信じやーって」

「うん、信じる」

だって、信じるしかない。英樹がわたしの帰りを待っていてくれる。そのあと結婚してくれる。その約束以外に、わたしの信じたいものはこの世に存在しないのだから。未来がそれ以外の道につながるのなら、そんな未来は必要ない。

そのとき、右手に持ったままの携帯からワーワーと叫び声が聞こえた。無視するべきだとわかっているのに、わたしはそれを再び耳にあてた。

「直美ちゃん！　すっかり忘れてるみたいだから、もう一度言うわっ。人の言葉は、心の声で聞くのよ。信じられるのは、自分の心だけなのよっ」

わたしは携帯の電源を切った。

「ねえ、英樹」

「ん？　なにー？　どこにおるのか、はやく教えろて」

「法子から、わたしが昔、整形したこと聞いた？」

「あ？　それがどうかしたの？」

「どう思った？」

「整形なんかしんくっても、直美は充分かわいいのになあと思ったよ。でも、今の直美もかわいいがん」

「嘘つき」

わたしは受話器を戻した。公衆電話を離れ、目の前の道を歩き出す。

行き先は、まだ決めていない。

あたたかい我が家

こういう状態を、途方にくれるというのだろう。

夕焼けをバックに、桃の花が風にゆらゆら揺れている。わたしがそれに見とれて立ち止まると、自転車に乗ったおじさんがすれ違いざま舌打ちをした。家に帰りたくない。心の中でつぶやいて、心の中でため息をつく。太陽が国道の先の町の中に、溶けるように沈んでいく。子供の頃から何度も見た景色。わたしは今、途方にくれている。

家に帰らずに済むのなら、この場所に何時間でも立っていられる気がした。せめて、陽が完全に落ちきるまでここに一人でいたい。一人きりで考え事をして、一人きりで途方にくれる時間。わたしはそれがほしかった。いつも誰かしらと一緒にいる。晶《あきら》、職場の同僚、母。でも、いつでも一人ぼっちのような、さみしいような感覚も常にどこかにある。わたしは一人になりたいのかなりたくないのか、どっちなのだろう。

「へーんなの」とつぶやいてみたら、なんだかバカバカしいような気分になった。ほんの数分の間に、夕空は桃色から紺色に様変わりしている。

実家にいくといつも通り、食事の支度をおおかた済ませた母が洗濯物をたたんでいた。母は毎日同じ時間に起床し、毎日同じ時間に出勤して、毎日同じスピードで家事をこなす。

「晶は」と聞くと、母は背を向けたまま「二棟の真理《まり》ちゃんち」と答えた。

「さっき、そろそろ帰ってきなさいって電話しといた」

「もう六時半過ぎとるけど、平気かな。いつもいつも遅くまで遊んでもらっちゃって」

「大丈夫じゃない？　奥さんが夜の仕事のときは、うちが預かることもあるんだで。あそこの奥さんは働き者だわ」

あてつけるような口調。たたんだタオル類を抱えて、よいしょっと立ち上がる。

「でもね、ご主人が出て行ったり、いろいろ複雑、あの家も。まあ、この団地はわけありが多いわ」

七時過ぎ、同じ団地の同級生の家から晶が帰ってきて、夕食の時間となった。今日の献立は、サバの塩焼き、菜の花のおひたし、若竹煮、ポテトサラダ、あさりの味噌汁。晶は食卓に並んだそれらを目にして、あからさまに顔をしかめた。

「またサバだが」大人みたいな口調で晶は言う。「先週もサバだったがー。ばあちゃんは困るとすぐにサバを出す」

「作ってくれた人になんてことを言うの。文句言うなら自分で好きなもの作って食べればいいがね」

母の言葉に、晶はますます口をとがらせる。「ご飯を作るのは親のつとめだもん。子供は遊ぶのが仕事だもん」

小学校へ上がって約一年が過ぎ、このところ急激に口が達者になり、かつ悪くなった。母は

「女の子なんてそんなもんだわ」などと言うけれど、わたしが子供のときはもっと静かだったと思う。誰に似たのか。

「でもママが作るご飯よりはマシ。ママのご飯でらまずい」

「こらっ。そういうこと言ったらいかんでしょ」そう叱《しか》りつつも、母はどこか愉快そうに口をゆがめている。

「ママはインスタントラーメンも失敗するんだよ。お湯の量間違えて、パパに怒られとったもん。魚はいっつも焦げとるし、煮物とかは味がないの。カレーも焦がして、でーら苦かった」

「まあ、そうなの？　晶も焦げたカレー食べたの」

「うん。パパとあたしは苦い苦いって言いながら我慢して食べた。でも、ママは味オンチだもんで平気だった」

またその話。何度繰り返せば飽きるのだろう。

「でも、パパの作るご飯はいつもおいしかった。ホットケーキとか、グラタンとか。あ、ポテトチップス作ってくれたこともあるよ。あー、また食べたいなあ」

「晶。ママの顔見てみ。おこっとるよ」

晶は口をつぐんで、横目でわたしの顔を盗み見る。

「離婚したママが悪いんだもん。離婚する親が悪いんだもん」

それを言えば、大人が困るとわかって言っているのだ。少し前までは、純粋をそのまま人の形にしたような、ただただ可愛いだけの存在だったのに。

「ママ、もっと料理練習しやー。パパみたいに、おいしいご飯作ってよ。スパゲティとか、ハンバーグとか」

わたしは何も答えず、口いっぱいにおかずを放り込み、テーブルの一点を見つめてむしゃむしゃと咀嚼《そしやく》した。

「ママはだめよ。昔からなーんもできん人なんだで。お料理なんて無理無理無理。だからパパに逃げられたんだわ」

ほんの一瞬、母の顔を見た。どうして子供の前でそういうことが言えるのだろう。嫌になる。嫌になる。嫌になる。嫌になる。

「晶はママに似んで、パパに似て器用だから、今のうちにおうちのことは何でもできるようにしとかんとね。でないと、ママみたいに三十すぎてやっともらってくれたような旦那さんに、逃げられてまうでね」

「ねえ、ママ。パパはもう帰ってこんの？」

帰ってこないと本人もしっている。意地悪で言っているのだ。

「パパと一緒にいたときは、楽しかったのにな。ママ、サッカーできんしつまらん。あたし、寂しい」

「かわいそうにねえ。寂しがらせてまって、ごめんねえ。だめなママで、ごめんねえ」

母は大げさに言って晶のぼさぼさの髪をなでる。

あんたって嫌な子。わたしは母にじゃれつかれてくすぐったそうにしている晶の顔をじっと見つめて、心の中だけで言った。わたしと視線が合うと、何かを感じ取ったのか、晶は一瞬戸惑うように瞳を揺らした。

食事を終えるとすぐに、晶を連れて団地を出た。歩いて五分ほどのところにアパートを借りている。母と一緒に暮らさないのは、ほとんど意地のようなものだった。離婚した当初は食事もなんとか自分で作って、晶と二人で食べていた。少しずつ少しずつ、母を頼る時間が増えていく。今の仕事もいつまで続くかわからない。体調の不安もある。貯金だってもうそんなに残ってない。母と一緒にいることが自分の心身にいい影響を及ぼすことはないとわかっているけれど、一人でやっていく自信は全くない。

どこかに、消えてなくなりたい。

二人きりになると、晶は甘えるように手を握りながらもたれかかってきた。母がいると、晶の生意気に磨きがかかる。ああいう子供らしからぬ嫌味も、甘えの一種なのだろう。わかっているのに、受け入れてやれない。どうしても気持ちがざわつくのを止められない。「ちゃんと歩きゃあって」と叱りながら、わたしは小さな手を振り解く。

わたしと前夫はお見合い結婚だった。出会ったとき、わたしは三十三、むこうは四十五で、一ヶ月で婚約し三ヶ月後に式を挙げた。

二十代の頃に心療内科に通いつめていたこと、その影響でまともな職歴がないことは、婚約前の時点で彼に打ち明けてあった。それでもかまわないと前夫は言った。「専業主婦として家事をしっかりやり、子供を最低でも一人産む」というのが、彼の提示した唯一の条件だったのだ。前夫の職業は歯科医で、年収は一千万以上。その年まで結婚できなかったのは、身長が百六十センチ以下で若い頃から薄毛だったせいだと思う。それと、性格が内気で、普段は死んでいるように無口だった。

当時、働くぐらいなら死んだ方がマシだと思っていたわたしからすれば、彼との出会いは幸運以外の何ものでもなかった。前夫の要望通り、複数の婦人科でブライダルチェックを受け、いずれからも「妊娠可能」とお墨付きを得た。

挙式の二ヶ月後には妊娠していた。その頃は、まだ自分ではうまくやっているつもりだった。ときどき、片づけや料理が下手だと彼に叱られることもあったけれど、時間がたてば自然とうまくなるとわたしは思っていたし、前夫もそう信じていたはずだ。家事なんて、外に出て働くことに比べたら、半分遊びのようなものだと甘く見ていた。だって、少しぐらい寝坊したって誰にも怒られない。夫以外にかかわる人間は一人もいないのだから、いじめやいびりは起こりようがない。「おはようございます」も「お疲れ様です」も必要ない。すべて、自分のペースで好きなようにやれる。

やれなかった。妊娠後期の頃は、４ＬＤＫのマンションの部屋の中は完全にゴミ屋敷だった。朝起きられなくて、昼に目覚める。掃除や洗濯をしなければ、しなければ、しなければと考えているうちに夜になる。薬が飲めないので、気分の浮き沈みをコントロールできず、一日ずっと泣き通しで終わる日も少なくなかった。

晶が生まれると同時に、一ヶ月間の約束で母のところに帰った。晶の世話はほとんど母に任せきりで、わたしはまた心療内科に通いはじめた。生後一ヶ月をすぎると、前夫に自宅にひき戻された。一人では何もできなくて、すぐにまた団地に逃げ込んだ。結局、晶が一歳になる直前まで、ほとんどの時間を団地で過ごしていた。

その頃には、前夫は何も言わず自分で家事をするようになっていた。晶の面倒もよく見てくれた。でも、夫婦の会話はほとんどなかった。わたしは毎日昼に起きて、ときどき病院にいき、夕食はいつも出来合いのお総菜。

そんなわたしに転機が訪れた。晶が年長さんになる前後、通院先の担当医が替わった。処方される薬もかわり、同時に魔法がかかったように体調が安定した。

それから少しずつ、生活がととのいはじめた。午前中に起きられる日も増え、最低でも週に一度は自分で洗濯機を回せるようになった。晶の服を作ってあげたいとか、押し入れの中を一度きちんと整理したいとか、前向きなことを考えられるようにもなった。とりあえず、晶が小学生になったら料理教室に通ってみたいと前夫に頼んでみようかと考えていた、矢先。

彼が、家出した。

勤め先の歯科助手といつの間にか浮気していた。

家に入れる以外の金は全てその若い愛人に貢ぎ、それどころか百万円前後の借金を作っていたことが、後にわかった。半年後に離婚が成立したものの、慰謝料は一円ももらえなかった。

前夫は仕事をクビになり、今はどこで何をしているのかもわからない。晶に会う気もないらしい。

ときどきイライラが頂点に達すると、つい晶の前で前夫の所業の全てを洗いざらいぶちまけてしまいそうになる。あなたの大好きなパパは養育費も払わないどころか、あれから一度も連絡を寄こさなくて、あなたのことなんてちっとも心配してないんだから。

晶が懲《こ》りずにまた手を握り締めてきた。好きなアニメソングを小さく口ずさんでいる。もうすぐこの子の八度目の誕生日だ。

子供の手はほんのり汗をかいている。夜空に浮かぶ半月を見上げると、自然とため息がこみ上げた。ああまたわたしは、途方にくれている。


離婚してすぐ、わたしは母親のコネで、アパートから車で十五分ほどのところにあるパリスモール相川《あいかわ》店に入っている雑貨屋で働くようになった。本当は改装したばかりの山川店のペットショップのはずだったけれど、アルバイト希望が殺到したとかで入れてもらえなかった。雑貨店の売り物はヘアアクセサリーが中心で、おもな顧客層は女子中高生だ。

今夜は年に一度の食事会の日だった。食事会は同じフロアにあるドラッグストアの人たちと合同でやるのが恒例で、今回は近所の焼き肉屋を貸し切りで予約したという。

家族以外の人と食事をとることに慣れていないし、気をつかうのが嫌だったので、顔を出すだけにしてすぐに帰るつもりだった。ところが、気がつけばあっという間に一時間が過ぎていた。若い女の子と他愛のない話をするのが、思いのほか楽しかった。さっき母にそのまま晶を泊めてくれるように電話をしたら、腹が立つぐらい二人してよろこんでいた。近所の真理ちゃんもお泊まりに誘って、三人で人生ゲームをするつもりらしい。

「少食ですね、沙織《さおり》さん」

向かいに座る副店長の小柳《こやなぎ》さんに声をかけられた。小柳さんは二十九歳、さっぱりした性格で、若いアルバイトの子たちから「姉御《あねご》」と呼ばれている。

「焼き肉、嫌い？　さっきから全然食べとらんがね」

「そんなことないよ。いや、みんなが食べすぎなんだよ」

「確かに」小柳さんは豪快にガハハハと笑う。「わたしなんてもうユッケ五皿食べたからね。でも食べんともったいないが。篠山《しのやま》さんのおごりなんだで」

篠山とは、ドラッグストアの店長のことだ。店長のくせにあまり店に出てくることはなく、出てきても裏に引っ込みっぱなしで接客することはほとんどないらしい。

「本当にそうなの？　こんなにたくさんの人の分、全部おごり？」

「そうだよ。あの人、家が金持ちで、本当は働く必要ないらしい。店長だってコネでやっとるだけだもん」

そう言って、座敷の奥のほうを小柳さんは指さした。篠山はすっかり酔っぱらい、なぜか頭の上に広げたおしぼりを何枚も載せ、大笑いしながら骨付きカルビにしゃぶりついている。

「ところで、沙織さんってバツイチなんだがんね？　別れてどれくらい？」

突然の質問に戸惑った。「えっ。えーっと、半年ぐらいかな」

「彼氏おるの？」

「いや、おらんけど」

「あの人とかどう？　篠山さんのテーブルにおる、紺色のネクタイの人」

「ああー……まあ、どうって言われても」

とくにどうということもない、普通の三十代の男の人だった。酔っぱらってはしゃぐ篠山の隣で、黙々と肉を焼いて食べている。

「彼、篠山さんの高校の後輩で、わたし前に一度合コンしたことあるんだけど、コレがいい奴なんだわ。いい奴なんだけど……イマイチ押しが弱いでかん。だから、沙織さんみたいなバッイチのお姉さんはどうなんかなーって、わたしずっと思っとったんだよね」

「どうなんかなーって言われても……」

「ちょっと、話してみません？　彼には沙織さんのこと、前もって話してあるんだわ、実は。興味あるって言っとった。ていうか前に一度店に来させてたことあってさ。沙織さんのこと、そのときに見とるの。綺麗《きれい》な人だねって言っとった。ねえ、どう？」

「いや、でも」

わたしは再び、座敷の奥へ視線を向けた。

紺色のネクタイをしめた男と目があった。彼はきっと、今日何度もわたしのことを見ていたのだろう。そういう顔をしていた。

その後、小柳さんの強引なリードで篠山のテーブルに連行され、紺色のネクタイの男を紹介された。名前はひろし、年齢は三十五歳。身長は多分百七十五センチ前後、ハゲてはいない。お腹は少し出ている。子供でも名前を知っている有名企業の営業マンで、独身、具体的な期間は口にしなかったけれど、随分と長い間彼女がいないのだそうだ。わたしがバツイチの上に子持ちと知っても、とくに顔色を変えなかった。小柳さんに「むしろいろいろ経験しとる人のほうが、頼れそうでいいって言っとったもんね」と暴露され、恥ずかしそうにうつむいた。

ひろしは前夫にひけをとらないほど無口な男だった。だからわたしは一生懸命、話題を振って彼を笑わせようとした。あまりに必死なせいで小柳さんは興ざめしたのか、途中で逃げるように席をうつっていった。かまわずわたしはしゃべり続けた。ひろしは少しずつ口数が増え、次第に声を出して笑うようになった。

十時過ぎ、一次会がお開きになった。この後は未成年を帰宅させてから、大人たちだけで近所のスナックへいくのが毎回の恒例なのだという。

パリスモール相川店の駐車場までみんなで移動する途中、いつの間にかひろしがいなくなっていることに気づいた。たまたまそばにいた篠山にそれとなく聞くと、「つまんねーから帰るとよ」と、ろれつの回らない口調で言われた。

肩透かしをくらったような気分で、わたしは思わず立ち止まった。同僚たちがわたしを置いて、どんどん先にすすんでいく。夜空に、ぽっかり丸い月が浮かんでいた。風はないのに、肌寒かった。「つまんねー」か。自分がバカみたいに思えた。そうだよな。こんな四十過ぎの経産婦にまとわりつかれるなんて、つまんねーよな。つまんねーどころか、迷惑だよな。店でわたしを見て綺麗だと思ったなんて、そんなの小柳さんの出まかせだろう。そりゃ、若いころはそこそこイケてたと思うけれど、晶を産んでからすっかり体型もたるんで、最近は前夫を笑えないぐらい頭のてっぺんのほうの髪が薄くなってきた。もう女としては終わりなのだ。あ、またわたし、途方にくれている、そう思ったとき、背後から誰かが歩いてくる足音が聞こえた。

振り返りながら、なんだかあまりにクサすぎるシチュエーションだなと考える。第二の青春、という、さらにクサい言葉が脳裏にひらめいた。ひろしはぼんやりした顔でのそのそとこちらに近づいてくると、立ち止まり、わたしをじっと見つめた。こちらから、何か誘いの言葉を待っている。そういう表情だった。あたりには誰もいなかった。他のみんなはきっと、ここから二百メートルほど先にある駐車場に、すでに集合していることだろう。

「帰ったと思った」

わたしがそう言うと、彼は口をぱくぱく動かした。

「何?」

「お、俺の車、あっちのほうに止めてあるんだがー」

そう言って、自分の背後を指差す。わたしはうなずきながら、思い切って彼の腕をとった。ひろしはびくっと震えた。それに気づかないふりをして「いこう」とつぶやく。ひろしはロボットみたいな動きで回れ右をした。

ひろしの車はベンツだった。わたしはすごいすごいと褒め称えたけれど、人に薦められたから買っただけで車自体にあまり興味がないと、そっけない口調で彼は言った。ならば、何に興味があるのかとわたしは尋ねた。ひろしは「とくに何も」と少し恥ずかしそうに答えるだけだった。

ひろしは黙って車を走らせた。どうやら港方面に向かっているらしいことが次第にわかってくる。わたしはまたしても、懸命に話題を振り彼を笑わせようとした。ひろしは笑うどころか、相槌《あいづち》さえ打ってくれない。やがて、闇のように黒い海が見えてきた。ひろしは港周辺の何もない道を、あてどなくぐるぐる走り続ける。

「もういいわ、ドライブは」わたしは言った。「なーんか、飽きてきた」

腕を上げ、大きく伸びをした。久しぶりに車の助手席に座ったせいか、背中と腰が痛かった。

「あ、ごめんなさい。もう帰りますか」

ひろしはまっすぐ前を向いたまま言う。こちらを見そうにないのをいいことに、わたしはじっくりと彼の横顔を観察する。

暗い車内ではいっそう目立つ、白い肌。ぷっくりした頬。量の多い黒髪。しわしわのシャツ。営業マンとしてバリバリ働いている姿がちっとも想像できない。部屋にこもってピコピコとゲームに熱中している姿は容易に想像できる。

「帰りたくない」

「じゃ、じゃあどうします」

「ホテル、いく?」

その瞬間、さすがにわたしも鼓動が高鳴った。

「いや、でも」

「いや？」

「そうじゃなくて、今、手持ちの金がないもんで。俺、カードとか持っとらんし」

「あ、わたしも今日はあんまり持っとらんかった」

沈黙。車はいつの間にか港から離れ、静かな住宅地に入り込んでいた。

「あ、そこのうどん屋、そこに止めやー」

大学時代に付き合っていた彼が、この辺りに住んでいた。そのうどん屋は、閉店時でも駐車場を閉鎖しない。

わたしの指示通り、ひろしは三台分ある駐車場の、一番人目につかない位置にベンツを止めた。

ライトを消してエンジンを切ると、目の前が真っ暗になった。ひろしが身じろぎをして、その衣擦れの音が驚くほど大きく聞こえた。闇の中で何かが光る。ひろしがかすれた声で「猫だ」とつぶやいた。

わたしは彼のほうに身をよせて、いきなりその白い首筋にすいついた。

ひろしは二年前の就職を機に市内にある実家を前に出て、勤め先の近くにアパートを借り、一人暮らしをしている。それまでは数回のアルバイトをのぞき、ほとんどの期間を無職で過ごしてきたようだ。そんな男がなぜ有名企業に中途入社できたのかというと、篠山のコネだという。篠山の家はこの地域ではかなり力のある旧家なのだそうだ。

ひろしは過去のことは基本的に聞けば何でも話してくれる。こちらから水をむけないと口を開いてくれないものの、普通なら恥ずかしい、あるいはうしろめたいと思うようなことも、平気な顔をして打ちあける。二十四歳まで童貞だったこと、長らく親のすねにかじりついていたこと、友達は篠山以外に一人もいないこと。ただ話が彼の、現在、に及ぶと、途端に顔をくもらせて口をつぐんでしまう。会社のこともあまり話したがらない。何度かの気まずい沈黙を経て、もうわたしは何も聞かないことに決めた。

三月中に三回、四月に七回、二人きりで会った。その間、セックスが成功したのは一度きりだった。最初の車のときも、ひろしは途中で萎《な》えて挿入にはいたらなかった。その一度の成功だって、入れるのがやっとですぐにしぼんでしまい、結局自分の手でやっていた。ひろしが言うには、原因は「プレッシャー」だそうだ。別にセックスのために彼と会うわけでもないので、わたしは気にしていなかった。

彼の部屋にはまだ一度もいったことがない。住所すらわからない。五月のゴールデンウィークの最終日、はじめて晶を会わせることになった。紹介したかったわけではなく、晶がそうしたいと自ら希望した。ひろしのことは母が勝手に話してしまった。本人はママの恋人の顔を見るというより、ただ単にひろしの車でどこかに出かけたいだけのようだった。確かに離婚以降、まともに遠出させていない。ひろしに相談すると、なんでもない顔で「いいよ」と言ってくれた。正直、ちょっと嬉《うれ》しかった。

ひろしの車で、隣県にある大きな遊園地に三人で出かけることになった。晶は身内の人間にばかり囲まれているときはわがままでだらしないくせに、知らない人がいると途端にはりきって社交的になる変な性格だ。それなのに、その日は朝から妙におとなしかった。反対にひろしは、わたしと二人でいるときよりもなぜかリラックスしている。子供が好きなのか、後部座席で石のように固まっている晶に積極的に話しかけていた。はじめはお互いなんとなくぎこちなくうまくかみ合っていなかったけれど、同じサッカーゲームにはまっていることがわかると、途端に会話がはずみはじめた。

遊園地へ着く頃には、二人はわたしのことなどほったらかしにして、本当の親子のように仲良くはしゃいでいた。ひろしは子供の相手をするのが上手だった。彼の腕にしがみついて大きな笑い声を上げる娘を見ていたら、突然とても悲しい気持ちになって、涙がこみ上げた。

あんなふうな、光を跳ね返すような晶の笑顔を見るのは、何日ぶりのことかわからない。わたしはダメな母親だ。自分で思っているより、ずっとずっとダメだった。最悪だった。自分だけが悪いのに、どうして意味もなく晶に腹を立てたり、いらついたりしてしまうのか。この自分勝手な性格をどうにかしたい。もういい加減、まともな大人として生きていきたい。

二人は手と手をとりあってメリーゴーラウンドへ向かって走る。ふいに晶が「ママー」と叫んでこちらを振り返った。

「はやくいかんと、馬車がとられちゃう」

晶はなぜか「馬」ではなく「馬車」のほうに乗りたがる。小さなときからそうだった。

「はやくはやくー」

いつの間にか、二人と十メートル以上も離れていた。あわてて駆けだしたら、かかとにできた靴擦れが痛んだ。格好つけてパンプスなんかはいてきたせいだ。次に三人で出かけるときは、絶対にスニーカーをはいてこよう。そう自分に言い聞かせながら、わたしは彼らに追いつこうと必死で走った。

夕方の五時過ぎまで目いっぱい遊んで、車に乗り込むと同時に晶は眠りについた。高速道路はいつも通り混雑していた。カーステレオから、わたしが小学生のときに流行っていたロックバンドの曲が流れだす。ひろしのセレクトだ。

「なんか懐かしい」

わたしは言った。というより、ぽろっと口からこぼれた。

「え？　何？」とひろしはこちらを向いて聞く。最近になって、やっと顔を見て話してくれるようになった。「この曲が？」

「そうじゃなくて」わたしはうつむいて首を振った。「あのね……。えっと、こういうこと言ったら、あんまりいい気分じゃないかもしれんけど」

「何だよ」

「あのさ、結婚しとったときね、ほんとにたまになんだけど、こういうふうに家族で出かけることがあって、そういうときに、帰りによく渋滞にまきこまれとったなあって、思い出したの。晶はたいてい疲れて寝てまうで、途中でどこかに寄って食事することもできんし、旦那はイライラして、すっごく嫌な時間だった。でも、こうして振り返ってみると、なんだか懐かしい」

ちっともすすまない車の列、目の前にあふれる光の洪水、背後から聞こえる晶のかすかな寝息、疲れきった体。違うのは、隣から貧乏ゆすりの音が聞こえてこないこと。

「ふうん」

そっけない反応に、どきっとする。そのとき、車の流れが少しだけよくなった。

「晶ちゃんが言っとった。前はパパとママといろいろなところにいけて楽しかったたって」

「ああ、そう」

それ以上、言葉が出てこなかった。わたしは窓の外に顔を向ける。高速道路の防音壁があるだけだった。何気なく視線をルームミラーに移動させると、晶と目があった。わたしはあわてて振り返った。

「いつの間に起きたの」

「今だよ」

そのわりに、はっきりとした返事だった。しかし、瞼は重たそうに半分閉じている。

「ねえ、ママ」

「何」

「ひろし君ね、中学んとき、サッカーやっとったんだって」

「あ、そうなの」

はじめて聞いた。学生の頃は帰宅部だったと以前に話していた。

「うん。でも今度教えてって言っても、いやだよって言うの」

「へえ」

「ママが頼んだらいいって言うかもしれんから、頼んでみてよ」

「わかった」前を向き、横目で彼の様子を窺《うかが》う。「……だって。教えてやってよ」

「いや、もう忘れたし」

その硬い表情は、答えたくないことを聞かれたときと同じだった。車の流れはまた止まっていた。


その後、五月中に三回、二人きりで会い、四回、晶を交えて会った。晶にねだられてはじめてうちに泊まったのが六月のはじめで、七月になる前には、わたしたちのアパートでほとんど同棲《どうせい》している状態になった。

その頃には、セックスどころか、二人きりになっても体を触ってくることすらなくなっていた。でも、ひろしは以前よりずっとやさしいし、よく笑うし、口数も多くなった。

八月に、三人で引越しをした。3LDKの新築マンションの家賃は全額ひろしが出してくれることになった。そもそもその少し前から、生活費の大部分をひろしに頼るようになっていた。ひろしの荷物は驚くほど少なかった。前のアパートにあったものはほとんど処分してしまったらしい。ひろしがいいよ、というので雑貨店の仕事はやめた。母に食事の世話をしてもらうのもやめた。でもひろしはかならずしも手料理を望まず、出来合いの総菜でもインスタント食品でも文句は言わなかった。晶はひろしにべったりと甘え、いつもわがままを言って困らせているものの、ひねくれた態度をとることは減り、ダメだと言われたことには素直に引き下がるようになった。わたし自身も担当医に、「最近調子がよさそうだ」と褒められることが増えた。あと少ししたら、薬の量を減らせるかもしれない。

夏休みの最後の夜、久しぶりに三人で母のもとを訪れた。母が作った餃子《ぎょうざ》や、ウインナーや卵やキャベツなどをホットプレートで焼いて食べ、そのあとみんなで人生ゲームをした。帰り道、晶を間に三人で手をつないで歩きながら、いつかの春の夜、月を見上げてひとり途方にくれたときのことを思い出した。

思えばわたしは、若い頃から途方にくれてばかりだった。ほしいものが手に入らなくて途方にくれ、手に入ったとしても、いずれ失うことになったらどうしようと不安にさいなまれ、途方にくれる。欲望で体がはじけてしまいそうだった。今、ほしいものは何もない。ただ、今日のように退屈だけど安全な日々が、可能な限り長く続けばそれでいい。いつかこわれるときがくるのかもしれないけれど、できるだけそれが遠い未来であってほしい。

九月、わたしはひとつ歳をとった。ひろしは誕生日プレゼントに、小さなダイヤのついたピアスをくれた。女の人にそんな高価なものをおくるのははじめてだと、彼は大層照れながら言っていた。晶を母に見てもらい、久しぶりに二人きりで食事をし、その後ホテルにいった。でもひろしはたたなかった。

十月の半ば、はじめて、二人の間で子供を持つことについてまじめに話し合った。それ以前から、ひろしははやく自分の子供がほしいと、ことあるごとに話していた。このままセックスがうまくいかないのなら、不妊治療も辞さない考えらしい。なぜそこまで子供をほしがるのか、理由は聞いてもよくわからなかった。わたしはいいとも悪いとも言わなかった。

ひろしは結婚自体には、あまり興味がないようだった。

十月の終わり、その日は突然やってきた。


ひろしが仕事に出かけてから、すぐに気がついた。リビングのローテーブルの上に、一枚のＤＶＤディスクが透明のケースに入れられた状態で置きっぱなしになっていた。彼はよくテレビ番組をＤＶＤに保存して職場の人に貸しているようだったので、それをうっかり置き忘れてしまったのだろうと思った。何の番組を保存したのか気になったわたしは、プレーヤーにセットして再生してみた。

息が数秒、止まった。

ただ映像を見ているだけなのに、死ぬかと思った。

あるいは本当に、しばらくの間、わたしの体から魂のようなものが抜けていたのかもしれない。

晶とそう歳の違わない少女が、裸でうつっていた。

大人の男の手と思われるものが、画面の端から獰猛《どうもう》なワニのようににゅっと伸びてきたところで、テレビを消した。黒い画面を見つめながら、一体今のは何だったのか考える。すぐにはわからない。このまま何も見なかったことにしようか。もしかすると、さっきの少女はひろしの親戚の子か何かで、あの映像は一緒に風呂に入ったときなんかにお遊びで撮影されただけのものなのかもしれない。無理やり思いこもうとする。だめだ。少女の飴玉《あめだま》みたいなうつろな目、男の太くたくましい腕、背景にあったよごれた壁。わたしは何度も繰り返し深呼吸したあと、続きの映像を約五分間、見た。それだけ見ればもう十分だった。それ以上は我慢ならない。吐き気がした。ゆっくりと立ち上がり、よたよたとトイレに向かった。便器を抱え込んでみたけれど、何も出てこなかった。涙さえ、一滴もこぼれなかった。

その夜、わたしは体調がすぐれないと母に嘘をついて晶を預け、一人、ひろしの帰りを待った。その日に限って、彼は午後九時前に帰宅した。このところ仕事が忙しくずっと朝帰りが続いていたので、ふいうちをくらったようにわたしは動揺した。そのうえ夕飯も食べてきていないと言う。大あわてで食事の用意をした。缶詰のミートソースをかけたスパゲティと、卵をいためてケチャップをかけたもの。ひろしは不満げな顔をすることもなく、むしろテーブルに並んだ料理をながめて「おいしそう」とつぶやいた。聞こえないふりをした。いつもだったら一緒に食卓についてあれこれおしゃべりをするけれど、背を向け食器洗いに集中した。

「ねえー、沙織ちゃん、あのさー」

ひろしが口の中にものを入れたまま、わたしを呼ぶ。わたしはバシャバシャとわざと大きく水の音をたてながら、またしても聞こえないふりをする。

「ねえー、あのさー、今日さー、リビングに何か置いてなかったー?」

水を止めた。数秒の静寂。それから、ずるずるとスパゲティをすする音。わたしはゆっくりと振り返る。ひろしの顔が、今日は一段と白く見える。いや、むしろ青い。

「何かって、何? 何を置き忘れたの?」

「いや、えっと……CDみたいなやつ、なんだけど」

「もしかして、それが気になって、今日ははやく帰ってきたの」

「いや、そうじゃないけど」

わたしはずかずかとリビングを横切り、テレビボードの引き出しの中にしまっておいたDVDを取り出すと、ダイニングに戻ってテーブルにぴしゃりと叩《たた》きつけるように置いた。

「中、見たよ」

ひろしは何も言わない。ただ、平たいドーナツみたいなそれに、暗い視線を注いでいる。ふいに、少女の飴玉に似た目玉が脳裏に蘇《よみがえ》る。朝見たときはぜんぜん泣けなかったのに、今になって悲しみがどっと襲ってくる。

「もしかして、こういうことが目的で、だからわたしに……」言葉がうまくまとまらない。

「それで、そのうち、晶も……」

「そんなんじゃない」

今まで一度も聞いたことのない、強い口調だった。視線はドーナツに向けたまま、ひろしの顔はますます青白くなっていく。

「ただ、金のためにやっとるだけ。この手のものは、とにかくいい金になる。自分で鑑賞するためじゃないし、俺が撮影しとるわけでもない。ただ、映像を手に入れて、売るだけ」

声に抑揚がない。あらかじめ用意されたセリフを口にしているだけに聞こえる。

「だで何？」

「だで、晶に何か危害を加えるつもりは……」

「うちの子供を気やすく名前で呼ばんといてっ」

ひろしはぎゅっと下唇をかんだ。「とにかく、俺はこういうのを楽しむタイプの男とは違う。俺はいたって正常だよ。だから、その、あなたの娘さんが目的で、あなたとこうなったわけじゃない。だって、俺から晶に会わせてほしいなんて、一度も、一言も言っとらんが。それに、もし俺がこういうのを好む男なら、沙織ちゃんとは付き合わんし、まして子供がほしいなんて言わん」

「でも、あのとき、たたんし……それって」

「関係ない。それは全然関係ない。金のためだって言っとるが」

「いつから、やっとるの」

「もう何年も前から、これだけで飯を食っとる」

「じゃあ、会社に勤めとるって話は嘘なの？」

ひろしはわずかに首を縦に振った。

「じゃあ、わたしたちはこんなものを売ったお金でこのマンションに住んで、こんなものを売ったお金で暮らしとるわけ？」

また首を動かす。

体から力が抜け、その場におろおろとくずおれた。ひろしは勢いよく立ち上がり、わたしの正面にしゃがみこむと腕を強く握ってきた。抵抗する気力さえなかった。

「わかった。もうやめるで。ずっとずっとやめようと思っとった。このＤＶＤも処分するつもりで、仕事部屋から持ち出したものだし。やめる。もう本当にやめる」

「勝手にすれば。わたしたちは出ていくわ」

「いやだ。俺はもっとまともになって暮らしたい。まともな生活をおくりたい」

「無理。あんたみたいな……」

まともに暮らしたい。わたしだって、同じように思っていた。

「わかった。じゃあ、部屋にあるＤＶＤもパソコンもみんな捨てる。すぐ捨てる。これから捨てに行く。そいで、ちゃんとした仕事もする。まだたくさん貯金があるから、それでしばらく沙織ちゃんたちを養う。絶対に苦労はさせんから」

心に隙間が生じる。そこからひゅうひゅうと風が入り込む。わたしは迷ってしまう。そんな自分を自分で殺してしまいたかった。

「今から一緒に俺のアパートへいって、全部ぶっ壊すところ見届けて。それでも不満なら、もうあきらめるわ」

ひろしが今日、はじめてわたしの目をじっと見つめた。また少女の飴玉の目が浮かぶ。その目とあの目、何か違いはあるだろうか。

ひろしに促され、わたしは立ち上がった。

何もせずその場にぼうっと突っ立っていると、ひろしが上着を持ってきてくれた。ひろしのアパートは歩いてすぐのところにあった。こんな近くにいたのに、何も知らなかった。

部屋の中にはいろいろなものがたくさんあった。数台のパソコン、DVD、その他。ひろしはそれらを、近所迷惑にならないように静かに破壊しはじめた。


話し合いたい、とひろしは言った。わたしは一人で考えたかった。だから晶を連れ、母の団地に戻った。この先どうすべきか、ぐるぐるぐるぐると考えているうちに体調が悪くなり、布団から抜け出せなくなった。母との関係は悪化の一途をたどった。ただでさえ、勝手に仕事をやめたことで怒りを買っていた。食事を自分と晶の分だけ用意して、寝ているわたしに聞こえるように、「働いて食べるご飯はおいしいわ」などと嫌味を言う。冷蔵庫を開けるだけで「ごくつぶし」「やくたたず」と小言を言う。ある夜、風呂に入ろうとしたら湯が抜かれていた。仕方なく沸かし直そうとガスをひねったら、母がバタバタと風呂場にやってきて「三百円」と言った。その日から風呂代に三百円、部屋使用料に五百円とられることになった。

二週間ほどしてやっと体が動くようになると、安く借りられる2Kのアパートを見つけ、残り少ない貯金で必要最低限の家具や寝具を買い、一人で移り住んだ。晶をわたしだけで世話するのは、どう考えてももう無理だった。でもひろしのところに戻る気にも、どうしてもなれなかった。潮時なのかもしれないと思った。わたしみたいなろくでもない人間には、子供は育てられない。晶はいっそ、母の子として生きていくほうが、少なくとも体だけは健やかに成長していくだろう。

わたしはひとりぼっちになった。

覚悟を決めたはずなのに、毎日泣いて暮らした。ときどき病院にいき、食事は酒とジャンクフード。昼どころか夕方頃まで寝ている日もざらだった。そんな矢先、晶がインフルエンザにかかった。

感染を嫌がった母が、ダメだと言っているのに強引に晶をアパートにつれてきた。そのときのわたしの体調は最悪で、病院へいくことなどとても無理、晶の熱い額に濡らしたタオルを置いてやるぐらいが精いっぱいだった。かわいそうだとは思うけれど、どうしてもだるくて体が動かない。

頼れるのはもうひろししかいなかった。わたしは号泣しながらひろしに電話した。ひろしは飛ぶようにやってきて、戦場のナースのようにかいがいしくわたしたちの世話をしはじめた。わたしの頼みごとも晶のしょうもないわがままも、何でも聞いた。三度の食事はもちろんのこと、わたしのために薬局で生理用品まで買ってきてくれた。

わたしは何も考えないようにした。何か考えそうになったら、薬を飲んで眠りこけた。

それでも、自分の体調が回復していくにつれ、今の状況を冷静に分析してみようという気持ちが芽生えてくる。寝たふりをしながらいろいろなことを考えた。何が正しくて何が間違っているのか。答えはいつまでたっても出なかった。

ある日の午後、ふいに、変なことを思い出した。もう晶はとっくに学校にいきはじめていた。それでもひろしは毎日アパートにやってきて、わたしのかわりに家事をやっていた。夕暮れどきで、天気が悪かったので、ひろしと晶は隣の居間でテレビゲームをしていた。

変なことというのは、いつか篠山から聞いた、ひろしの中学時代の話だ。ひろしは小、中とサッカー部に所属していて、ポジションはフォワードだった。勉強はあまり得意ではなかったものの、明るい性格で人望も厚く、教師たちからも気に入られていた。今とはまったく違う性格だった。

ところが、中学三年のあるときを境に、突然ひろしは周囲の人々に心を閉ざすようになった。サッカー部の練習中に大きな失敗をしてしまい、仲間たちから手ひどく非難されたのだという。傷ついたひろしは、引退直前にもかかわらずサッカー部を退部した。それ以降、人が変わったようにおとなしく引っ込み思案な少年になってしまったらしい。

篠山は、その失敗が具体的にどんなものなのかは把握していないようだった。

たった一度の挫折が原因で、ひろしの人生は大きく変わってしまったのだろうか。もしその失敗がなければ、まともな暮らしを営んでいたのだろうか。ひろしに人生を変えるチャンスはあるのだろうか。わたしには、あるのだろうか。

隣の居間から、晶が駄々をこねる声が聞こえてきた。わたしはのそのそと布団を抜け、鏡で顔を確かめたあと寝室を出た。

「ねえ、サッカーやろうよー」

甘え声を出し、隣に座るひろしの肩に頭突《ずつ》きをしている。二人はこちらに背を向けていて、わたしが入ってきたことにまだ気がついていない。

「三年生になったら学校のサッカー部入らないかん」

「サッカー部？　女子なんか入れんだろ」

「うちの学校は女子サッカー部あるもん」

「へえ、そうなんだ。かわっとるね」

「結構強いんだでね。今のうちに練習しとかんと、レギュラーとれん。クラブもやめちゃったし」

「大丈夫だろ、晶、運動神経いいが」

「あ、ほら、もう雨止んどるよ。ねえーいこうよー」

晶はベランダを指さした。全然止んでいない。どしゃぶりだ。

「止んどらんがや」

「いいがー。なんでー、なんでサッカーやってくれんのー」

「雨降っとるから無理だ」

「晴れとってもやってくれんがね。パパだったら絶対……」

晶は言葉を止めた。子供なりに気をつかっているようだ。

前夫はよく晶のサッカーの練習に付き合っていた。そもそも晶を地元のサッカークラブに入れることにしたのも、彼の独断だった。わたしは水泳とか体操とか、もっと幼児らしいものを習わせたかった。

ふいに、晶がこちらを振り返った。「ママー」とわざとらしい泣き顔を作って、駆け寄ってくる。

「ねえ、ママ、ひろしにサッカーやりなさいって言ってよう」

わたしの腰にしがみつき、ここぞとばかりに甘えた声を出す。ずっと臥《ふ》せっていたので、じっくり顔を見るのは随分久しぶりのことのように思えた。また少し大きくなった気がした。こんなふうにまとわりついてくれるのも、いつまでのことかわからない。

「ねえ、ママー、なんとか言ってよう」

「わかった。ママがひろしに説教したるわ」

視界の端で、ひろしが体をこわばらせる気配がした。わたしは晶を引き離すと、ゆっくりと彼に近づいて、隣に正座した。

「晶に、サッカーを教えてやって」

ひろしはうつむいて、額をぽりぽりとかいた。何を考えているのかよくわからなかったけれど、わたしは続けた。

「この町内に、成人男子のフットサルチームがあるの、知っとる?」

突然の質問に、ひろしは面食らったように顔を持ち上げる。「え?　何?」

「わたしの高校の同級生がね、そのフットサルチームのリーダーやっとる。今、選手募集中なんだって。紹介するで、入ってくれん？」

「何言っとる……」

「お願いじゃなくて、条件だで。晶にサッカーを教えるために、自分ももう一度、挑戦してみて。それで、昔の動きを取り戻して。今のあなたは、少し階段のぼるだけで息きらしとるが。それじゃさすがに、晶に示しがつかんでしょ？」

「だから、言っとることが……」

「それが、わたしたちがあなたのところに戻る条件だで」

ひろしはしばらくの間、無表情のまま固まっていた。やがて、くすりと笑ってベランダを見た。


雨はまだ止んでいなかった。


わたしは何事もなかったかのように、晶を連れてひろしのマンションに戻った。

ひろしはすぐに、わたしが紹介したフットサルチームに入団した。初練習の日、晶と一緒に見学にいった。思いのほか動けていたし、楽しそうだった。午後は近所の公園で、はじめて晶にサッカーを指導してくれた。


十二月のはじめ、わたしはなんとか母と和解し、また母のコネでパリスモール山川店の近くにある酒屋でレジのバイトをはじめた。そこは、数年前にアルバイトの女が殺人事件を起こしたことで近所では有名な店だった。女は今も逃亡を続けていて、指名手配の広告で顔写真をたまに見る。丸顔の冴《さ》えない女だった。当時とは店長も店員もかわってしまい、彼女を知る人が一人もいないのが残念だった。

その月の終わりになって、やっとひろしの仕事が決まった。企業のホームページなどを製作するデザイン関係の会社だという。契約社員としての採用ではあるものの、高卒で、まともな職歴もないひろしに仕事がすぐに見つかるとは思っていなかったので驚いた。彼のコンピューターに関する知識が買われたらしい。

わたしはあえて、何も詳しく聞かずにいる。会社の所在地も知らないし、初任給がいくらなのかも把握していない。

一月、ひろしは普段着をちょっとだけ整えた格好で初出社した。ほとんど内勤なので、スーツは必要ないそうだ。

二月、はじめての給料がひろしの口座にふりこまれ、ひろしはそこから十五万円引きだしてわたしにくれた。残りは自分のお小遣いにすると言った。それがいくらなのか、もちろんわたしにはわからない。

三月、再び桃の花の季節が訪れる。ひろしは仕事にも慣れた様子で、この頃は同僚と外で飲んでくることも増えた。平日夜の練習に参加できず、フットサルチームは数回いっただけですぐに抜けてしまったけれど、代わりに晶の練習にはよくつきあってくれるようになった。そのおかげか、ひろしは痩せて、なんだか少し若返ったようにも見える。最近は晶だけでなく、母の団地の真理ちゃんの面倒も見るようになった。毎週土曜日か日曜日の午後、三時間から五時間ぐらい公園でみっちり練習する。

真理ちゃんはほとんど初心者のうえ、晶と比べると大分動きが鈍いらしい。そのせいで、ひろしがつきっきりになることも多いようだ。晶はときどき「ひろしが真理ちゃんばっかエコひいきする」などと言って拗ねている。

新学期を控えたある平日の午後、部屋の掃除をしていたら、ひろしの練習用のリュックの下に白いハンカチが落ちているのを見つけた。広げてみると、それはハンカチではなく、小さな女の子用のパンツだった。洗濯前のものらしく、少し汚れていた。全く見覚えがなく、晶のものでないことは確かだった。よくよく見ると、別の女の子の名前が小さく書いてあった。

二日後の午後四時すぎ、わたしは団地にいき、真理ちゃんの家を訪ねた。真理ちゃんが一人で留守番していることは知っていた。彼女の母親は夜の仕事をやめて、保険の外交員になったと母から聞いていた。

「これ、真理ちゃんのパンツ？」

わたしはいきなりそう切り出し、スーパーの袋に入れた白いパンツを見せた。真理ちゃんは袋の中を覗きこむと、真っ青になって「違います」と小声で言った。

「そう？　でも、ここに『やまだまり』って名前書いてあるが。真理ちゃんのでないの？」

真理ちゃんは今にも泣き出しそうな顔で口をつぐんだ。卵のように白くきめ細やかな肌、抱き締めたら折れてしまいそうな華奢《きゃしゃ》な腰、スカートから伸びる細く長い脚、可憐《かれん》な顔立ち。地黒でずんぐりした体型の晶とは、何もかもが違う。

飴玉の目の女の子。似ていなくもない。

「ひろしおじちゃんにちょうだいって言われたの？」

そう問うと、真理ちゃんはびっくりしたようにこちらを見た。少し間をおいて、うんと頷《うなず》く。

「なんて言われたの？」

「お小遣いあげるで、パンツ脱いでって言われた。脱いだら、パンツとられた」

「何回？」

「三回ぐらい」

「このことは絶対に誰にも言っちゃダメだよ。ママにもだよ。言ったら、真理ちゃんも警察につかまって逮捕されるでね」

真理ちゃんは震えながら頷き、そのまま顔をくしゃくしゃにして泣きだした。真っ赤な目で、救いを求めるようにわたしを見た。自分でも、何が怖くて、何が悲しくて泣いているのかよくわかっていないようだった。それから真理ちゃんは練習にこなくなった。

四月、わたしはパリスモール相川店の雑貨屋の小柳さんに頼み込み、年に一度の食事会に呼んでもらった。食事会はもともとOB・OGもよく参加していたので、誰にも不思議がられなかった。タイミングを見て篠山に声をかけ、二人きりで話したいと誘った。色目をつかわれたと思ったらしい篠山は、デレデレした様子でついてきた。わたしの車で、港まで移動した。車をとめると、わたしはパリスモール相川店で買った包丁を出し、ひろしの過去を正確に教えるように脅《おど》した。篠山ははじめ、酔っぱらっているふりをしてなんとかごまかそうとしていたけれど、わたしが自分の首に包丁を当てながら泣いて叫び声をあげると、しぶしぶ話しはじめた。

中学のときにサッカー部の仲間たちから非難されたのは、練習で失敗したからではなかったこと。学校の外をランニング中、一人抜け出して近所の小学生女児に声をかけ、パンツを脱がしているところを他の部員に見つかったからだということ。しかもそれは、一度や二度のことではなかったこと。

三年生の進学に差しさわりがでるかもしれないという理由で、ひろしは表立って処分されることはなく、また顧問から部員に対し、卒業まで箝口《かんこう》令が敷かれた。けれど、噂は瞬く間に全生徒に広まった。あの頃、同じ中学に通っていた者で、ひろしのことをしらない者はいない。篠山が彼と友達でい続けているのは、多分彼も同じぐらいの変わり者だからなのだろう。

三年生になった晶は、予定通り女子サッカー部に入部した。週末の練習は自然とたち消えになり、ひろしはまたフットサルチームに参加するようになった。五月のゴールデンウイーク明け、それまでずっと調子がよかったのに、わたしは急に体調を崩した。

朝から夜まで涙が止まらない。体が動かない。少し前までのひろしは、わたしがそんなふうになったとき、まるで母親のようにかいがいしく世話をしてくれた。けれどこのところ多忙のせいか、あるいはそんな状況になれてしまったのか、明らかにいつもより態度がそっけなかった。それでつい、わたしは彼に辛く当たってしまった。

雨の夜だった。

晶はとっくに自分の部屋で寝ていた。

「変態のくせに!」とわたしは声を荒らげた。

テレビゲームをしながら面倒そうにわたしの話を聞いていたひろしの頬《ほお》が、ぴくっと震えた。気がした。わたしの口は止まらなかった。

「真理ちゃんのパンツ、何のために使っとったの」

ひろしは背中を向けたまま、何も言わない。

「わたし、全部知っとるんだからね。何もかも気づいとるんだからね」

「わかっとる」と静かにひろしは言った。「ひとつ、なくなっとったし」

「何が?」

ひろしは答えなかった。

「いずれ、晶にも手を――」

「うるさいっ」

そう大声で叫ぶと、ひろしは立ちあがり、いきなりわたしの頬を打った。

顔が真っ赤だった。鬼みたいな表情だった。一度もみたことのない顔だった。

「俺だって苦しいんだっ」

家が震えそうなほど大きな怒鳴り声だった。そしてひろしはくるっと背を向けると、何事もなかったようにゲームを再開した。

それきり、わたしはひろしに真理ちゃんのパンツの話はしていない。篠山から聞いたことも、一切口にしていない。

今後もするつもりはない。

六月に入るとますますひろしは忙しくなり、休日出勤が増え、またフットサルの練習にあまり参加できなくなった。

ある日曜日の朝、わたしは突然思い立って、ひろしを会社へ送り出したあと尾行した。晶は前日から友達の家に泊まりにいっていて、その日はそのまま友達の家族と遊園地へいく予定だった。

ひろしは駅前のコーヒーショップに寄り、おそらく彼の好きなカフェオレを買ったあと、道を引き返して小さなアパートの階段をのぼった。二階の一番奥の部屋に彼の背中が消えたあと、わたしはすぐにその場を去った。何も見なかった、何も見なかったと呪文のように唱えながらわたしはあたたかい我が家へ帰る。

運命のストーリー

朝起きたら部屋の中に鳩《はと》がいた。開けっ放しにしていたベランダの窓から侵入したらしい。このアパートに住みはじめて約半年、窓を閉め忘れることなどしょっちゅうあるが、鳩が入ってきたのははじめてだった。肌色のカーペットの上で、昨夜自分が食べこぼしたポテトチップスをついばむそいつの首のアスファルトの上の油みたいな艶《つや》めきをぼんやり眺めつつ、鬼頭智《きとうとも》也《や》は何かイヤだなと思った。

うまく言葉にできないが、イヤな感じがする。ときどきわけもなく、こんな気分になる。イヤなことが起こりそうな予感。予感は当たることもあるし、はずれることもある。つまりほとんど気のせいなのだろうが、でも何か、イヤだ。「仕事いきたくねえな」と独り言をつぶやきながら、ベッドの上で伸びをして、煙草に火をつける。

少し前の自分なら、こんな日は仕事をさぼってスロット打ちにでもいっていたかもしれない、と歯磨きをしながら智也は思った。自分でも、自分の変わりようが不思議だった。俺も二十五をすぎて、知らぬ間に大人になっちゃったのかと、人ごとみたいに考えてみる。とにかく、今の勤め先の社長を裏切るようなマネだけはしたくなかった。前科がある上、右腕と左手首の裏にバカバカしい柄の墨を入れているような自分を雇ってくれた。働きはじめたばかりの頃は金がなく、毎日のように自宅に呼んでもらい、社長の家族と一緒に夕飯を食べた。それでも、もう少し若い頃の自分だったなら、社長の温情もおせっかいと突っぱねて、早々に逃げ出していたかもしれない。だからやっぱり俺も少しは大人になったのかな、と智也は思う。

シャワーを浴びたあと、もう一本煙草を吸い、部屋を出た。外は十一月の冷たい雨が降っていた。

勤め先のリサイクルショップ・ウチジマは、アパートから徒歩五分の場所にある。総敷地面積千坪が売りのこの店は、家電、家具からブランド品まで、ありとあらゆる種類の中古品を取り扱っている。智也は今から約八ヶ月前、スロット仲間のタクシー運転手から社長の内島《うちじま》を紹介され、雇われることになった。最初の三ヶ月は家電売り場で体育会系の先輩社員たちにしごかれ、その後、希望していた楽器売り場に移った。そもそも、ギターを弾けるというのが採用の決め手だった。

社長が音楽好きのため、楽器売り場はライバル店と比べて面積が広く品揃えも豊富で、他県からわざわざやってくる客も少なくなかった。それでも、日によっては何時間も店員以外無人になることがある。その日もそうだった。昼休憩の時間になり事務室にいくと、午後からはスポーツ用具売り場へ助っ人にいくようにと、先輩社員に命じられた。

午後二時過ぎ、昼休憩から戻ったばかりの智也の半径五メートル以内に、客は一人もなかった。店全体が静かだった。秋の引越しシーズンも落ちつき、次のセール前というのもあるのだろう。朝のイヤな感じはなんだったのか、と意味もなく売り場をぶらぶら歩きまわりながら智也は考える。どうでもいいか。こんなに暇なら、サボってスロットでもいけばよかったかな。

　視界に何かが入ってきて、足を止めた。少し先の棚の前に、大柄な女がいた。暗い顔で大量の鉄アレイをカゴに入れている。コートも靴もバッグも真っ黒で、まるで葬式帰りのような装いだ。下ろした長い髪も昆布みたいに黒い。女子プロレスラーのような立派なそのフォルムに、見覚えがあった。足が自然とそちらへ向かった。ほとんど何も考えないうちに、口が勝手に「姉ちゃん」と呼びかけていた。

　女が顔を上げた。その驚いた顔を見て、やっぱり姉ちゃんだ、と智也は思った。

「ダイエット？」

　また、勝手に口が動いた。

「この辺のスポーツ用具は中古じゃなくて一応新品なんだけど、うちよりパリスモールのほうが安く売ってるよ。パリスモールってのは、橋の向こうの大きなスーパーなんだけど」

　そこまで言って、間違いに気づいた。

「あ、やべ。あそこ、今は改装中だった」

　目を見開いたまま、女は表情をぴくりとも動かさない。ガタイは男並みだが、その頬はやたら白くて、皺が一つもなくて、まるでマネキンのようだった。

「あ、でも改装中なのは山川店で、ちょっと先の相川店は普通にやってるよ。少し小さいけど。パリスモールってさ、この地域にたくさんあるショッピングセンターなんだけど、食料品だけでなく日用雑貨も売ってて、便利な店なんだよ。俺も山川店にはしょっちゅういってたんだけど、改装して、もっとどでかい施設になるんだって。ペットショップも併設されるらしいんだけど、マジかな。そういえばあそこ、去年店員による万引きでっちあげ事件があったんだよな。それで客が減っちまったから改装するのかな。そんなわけねえか」

約十年ぶりに会ったというのに、俺は一体何を早口で話しているのか、と思う。ほかにもっと言うべきことがあるはずだ。でも何も思い浮かばなかった。

電池が切れたように硬直していた女は、急にくるっと背を向けた。そして大量の鉄アレイを入れたカゴを軽々と抱えてレジに向かうと、何事もなかったように会計を済ませ、店を出ていった。

その間、智也は片時もそらさず姉の姿を目で追い続けた。視線は一秒も合わなかった。気づくと、足ががくがく震えていた。夢でも見ていたような気分だった。あれは本当に姉ちゃんだったのだろうか。思い出そうとしても、もうさっきの女の顔は浮かばなかった。ただただ、女子プロレスラーのような立派な輪郭だけが脳裏《のうり》に焼きついていた。

その日以降、姉がまた現れたらどうしようと、店に出るたびにそわそわ考えるようになった。期待、とは全く違った。けれど、怯《おび》えているわけではない。ただ、実際にそのときがきたら、ひどく困惑するだろうとは思う。そして、絶対に姉はまた自分に会いにくるはずだという、確信に近い予感も胸に抱いていた。

はたして、その日は本当にやってきた。

十二月に入ってすぐの、寒い午後だった。智也は朝から新入りバイトを数人従え、店中にクリスマスの飾りつけをしていた。脚立に上ってティッシュペーパーで作った造花を壁に貼り付けていると、背後から有線の音にまぎれて、コツコツと足音が聞こえた。

振り返る前には、気づいていた気がする。そして振り返って、ああやっぱりそうだと静かに思った。

姉の美紀《みき》は、子供みたいにニコニコ笑っていた。

この間は黒かった髪を明るい茶色に染めてポニーテールに結い、なかったはずの前髪を眉毛の上で切りそろえている。明るいグレーのキルティングコートと、紫色のパンプス、黄色のバッグ。パンプスのヒールが高いので、ますます大柄に見える。この間の暗い雰囲気とは随分違った。しかし、この間の大きな女も、そして今、目の前にいる大きな女も、紛れもなく自分の姉だった。

いつか、こんな日がくるんだろうとずっと思っていた。

「智君」と女は言った。

その瞬間、脚立から崩れ落ちそうになった。その、甘えるようなすがるような高い声が、あまりに懐かしくて、めまいがした。

智也と美紀は二歳差の姉弟だった。母親は大学一年のときに美紀を、三年生のときに智也を産んだ。父親は高校の同級生だった。姉弟は生まれたときから母親とは一緒に暮らさず、母親より五歳上の姉夫婦に預けられた。姉夫婦に子供はいなかった。祖父母は高齢で、孫の面倒をみる余裕はなかった。

　両親が大学を卒業して自立したのちに家族四人で生活する、という未来図もあったのだろうが、実現はされなかった。父親のことは、二人ともほとんど知らない。知っているのは、高校を卒業したあと引越し屋のアルバイトをしていたことと、小柄でやせっぽちな体型だったことぐらいで、写真すら一枚も見たことがない。母親は、美紀が小学校にあがる前までは、自分たちの顔を見に来ることがときどきあったようだ。智也は母親のこともほとんど記憶にないが、美紀は最後に母親が会いにきた日のことを覚えていると、いつか話していた。結婚する、と言われたという。だからもう会いにこられない、と。美紀も智也も泣かなかった。ただ母親だけがめそめそ泣いていたという。

　やがて、姉夫婦は美紀と智也を正式に養子として迎え入れた。養母は中学時代にあった交通事故が原因で、出産の難しい体になっていた。それを知ったのは、だいぶ大きくなってからだった。

　養母より八つ年上の養父は、雇われの寿司職人だった。勤め先は地元の議員などが贔屓《ひいき》にする高級店で、稼ぎはそれほど悪くはなかったはずだ。養母も地元の信金で正社員として働いていた。智也が小学二年のときに相次いで亡くなった祖父母の遺産も少しあった。もちろん、借金は一切ない。だから、金に困っているわけはなかった。しかし、生活ぶりは質素を通り越して極貧に近かった。

　住まいは家賃一万のボロアパートの二階。正面を走る在来線から、ベランダが丸見えだった。狭い台所と狭い風呂と和式のトイレと小さな二つの和室。洋服はすべてもらいものか手作りで、おもちゃは養母がゴミ捨て場から拾ってきたものが多かった。外食など年に一度あればいいほうだった。家の食事で米粒一つでも残せば、養母はその晩眠るまでグチグチと文句を言い続けた。彼女は病的なほどのケチ体質だった。

養母はまた、近所ではタカリ女として有名だった。どこかの家に田舎から野菜が届いたと耳にすれば、一目散に出向いて「分けてくれ」とせがむ。どこかの家が旅行にでかけたと聞けば、帰ってくるのを待ち伏せて土産をねだる。何度注意されても、警察を呼ぶと脅されてもやめない。当然、近所には友人どころか、挨拶をしてくれる人さえいなかった。養父が片道二時間かけて街中の高級寿司店に通っていたのも、そういうわけがあった。

それでも、そういった特異な部分を除けば、智也にとっては優しくていい母親だった。自分たちの夕食を作るために、仕事が終わるといつも一目散に帰ってきてくれた。夜は図書館で借りた本を何冊も読んでくれた。休みの日に公園で一緒にどろんこになって遊ぶこともあった。ケチでタカリ屋ではあったが、子供たちを差し置いて自分たちだけで贅沢《ぜいたく》をすることは、絶対になかった。

しかしいまどき珍しいぐらいの極貧暮らしと、近所での悪評判のおかげで、小学校に入ると、すぐに智也はいじめられっ子になった。

給食を捨てられる。上履きを池に投げられる。ばい菌扱いされる。トイレに閉じ込められる。いじめの定番といえるものはすべてやられた。美紀も同じ目にあっていた。だから、それはもう自分たち姉弟にとっては宿命みたいなもので、逃れるすべはないのだと、小学校低学年にして達観したような心持でいた気がする。

状況がかわりはじめたのは、美紀が五年生になってからだった。実母も養母も身長が百七十センチ近くあり、女性にしては大柄なタイプだった。美紀もその頃急に背が伸びて、同学年の男の子よりも大きくなった。体の成長と比例するかのように、おとなしく受け身な性格が、ハキハキと主張が強いものに変化した。勉強と運動はもともとできるほうだった。一方的ないじめられっ子だったのが、気づくとクラスの支配的な地位まで上りつめていた。

そんな美紀の威光で、智也もいじめから脱することができた。智也のほうは父親に似たのか、背が低くやせっぽちで、勉強もさっぱりできなかったが、いじめっ子たちはもうわけもなく殴ってはこなくなったし、家まで追いかけてくることもなくなった。もしそんなことをすれば、美紀や美紀の周辺にいる怖い上級生に、どんな報復を受けるかわからなかった。

美紀は地元の中学の不良たちともつるみはじめていた。それでも、成績優秀だったせいか、教師からの評判は悪くなかった。とくに五、六年時の担任だった郷田《ごうだ》という三十代の男性教師は、美紀をいたく気に入っていた様子で、たびたび家にやってきては、美紀に直接勉強を教えていた。放課後の、養母が帰ってくるまでの数時間、和室に二人っきり。いつもその間、智也は外に追い出された。二人は交換日記もつけていた。中学に入ってからも郷田からときどき家に電話がかかってきたが、美紀は居留守を使っていた。その頃には、中学の理科教師が、家まで勉強を教えにきていた。

美紀は悪魔の子、というのが、当時の養母の口癖だった。いつの頃からか、養母と美紀は顔を合わせても口を利かず、目も合わせなくなっていた。なぜ二人の仲がこじれてしまったのか、その本当の理由も、悪魔の子という言葉の意味も、そして、近所の人たちから養父と美紀が〝疑似夫婦〟と呼ばれていたわけも、まだ幼かった智也には、よくわかっていなかった。一緒に暮らしていたのに、と思う。一緒に暮らしていたのに、俺は何も見ていなかった。

*

彼は疲れた横顔で、ベランダの向こうのオレンジ色の空を見ている。

大きな体をきゅうっと丸めている姿は、罠《わな》にかかっておびえる熊のようで愛らしい。

あたしは正面に座って、二つの黒いバッグのファスナーを開けた。中に入っているものを順番に説明していく。

「ここのポケットに包丁入れてあるから。一応、念のために二つ。でも血が出るから、なるべく使わないようにしようね。これがロープ。それで、こっちのバッグには重し。鉄アレイ、持ち帰ってくるのすごく大変だった。コンクリもあるから、これも使おうね」

足がつかないよう、わざわざ遠くまで出かけて買いそろえた。そういえば、この鉄アレイを買ったのは隣の県のホームセンターみたいなところで、そこで偶然あの子を見かけた。相変わらずやせっぽちで、頼りなさそうな目をしていたっけ。

……やっぱり、この鉄アレイを使うのはやめておいたほうがいいだろうか。中古じゃなく新品だと言っていた。どの程度、流通しているものなのか。もし万が一死体が上がってきてしまい、その後ニュースや週刊誌なんかで騒がれているのをあの子が目にして、何かに感付いたりする可能性はどれぐらいだろう。

いや、いくらなんでもそれは用心のしすぎだ。大丈夫。そもそも死体はあがってこない。厳重に注意すればいい。死体はあがってこない。あの女と子供は永久にあたしの前から消える。死体はあがってこない。心のうちで何度も繰り返す。死体はあがってこない。何もかもうまくいく。

「みーちゃん、何で笑ってるの？」

いつの間にか、彼がこちらに顔を向けていた。

「なんでもない気にしないで」

「俺、大丈夫かな」

「大丈夫よ。あたしもついていってあげるから」

「誰かに見られたら、どうするの」

「だから慎重に、まわりをよく確かめて。大丈夫、ぽんちゃんならやれるよ」

身を乗り出して、手を握ってやる。大きくて硬い手。雪の中に放りだされた子犬のように、ぽんちゃんはぶるぶる震えだした。

「どうしても、やらなきゃダメなのかなあ」

小さな目を真っ赤にして、涙をこぼしはじめる。あたしは心の中だけでちっと舌打ちしながら、首をかしげて悲しげな顔を作った。

「ぽんちゃんは、あたしと一緒になりたくないの？　あたしをお嫁さんにしてくれるんでしょ」

「いや、でも――」

「あの女が生きているうちは、ぽんちゃんは決して幸せになれないんだよ。見せたでしょ？園長先生の部屋で見つけた下着。つい最近のものよ。あの女は、今日も園長先生のところにいってるかもしれない。いや、そうに違いないわ。ということは今、リカちゃんは車の中に閉じ込められて、母親が戻ってくるのを一人ぼっちで待たされてるんだよ。かわいそう。ぽんちゃんをこんなふうに裏切っておきながら、ぽんちゃんのお金目当てで離婚は絶対しないなんて、そんな身勝手なことある？　あの女、死ぬまで一生、ぽんちゃんを利用する気なんだよ」

「だけど、何もリカまで――」

「自分の母親が、自分の通っていた保育園の園長先生との不倫に溺れた挙句、旦那に隠れて借金まで作っていたなんて、そんなこと知ったら、リカちゃんだって恥ずかしくて生きていけないわよ。隠し通せると思ってるの？　うちの保育園の保育士も、他のお母さんたちも、みんな知ってるのよ。知られていないと思ってるのは本人たちだけなんだから。このまま、お母さんと一緒に天国へいかせてあげるのが、リカちゃんにとって一番幸せなことなの。何度も何度も説明したでしょ」

ぽんちゃんは金魚みたいに口をぱくぱく動かしている。そしてすがるようにあたしの手をぎゅっと強く握りなおして、震える声で「お願いだ」とささやいた。

「俺にはできない。ごめん、許してくれ」

「何それ」

「なあ、もっと時間をかけて考えてみよう。もっと他に、別の方法があるは——」

「ぽんちゃん、あたしと別れたいんだ」

「いや。ちが——」

「こんなにぽんちゃんに尽くしてるあたしより、あの女のほうがいいんだ。やっぱり奥さんが一番なんだ。あたしなんて、ただの愛人なんだ」

「違うよ」

ぽんちゃんの手を振りほどいて、立ち上がった。自然と涙が出てきた。

悲しくなくても、悔しくなくても、涙は簡単に出てくる。

あたしは泣きながら叫んだ。

「あたしのこと愛してるって言葉も、結婚したいっていうのも、全部嘘だったの？ あたしのことも、死んじゃったお腹のベビちゃんのこともどうでもいいの？ そうなの？ ゴミ同然にしか思ってないの？」

「み、みーちゃん」

「わかった。どうしてもやりたくないって言うんなら、あたしが死ぬから」

「そんな」

「だって、あたしはベビちゃんを二度も死なせちゃって、もう子供も産めないんだよ。見せたでしょ、診断書。ぽんちゃんしかいないの。あたしにはぽんちゃんしかいないんだよ。それなのに、どうしてわかってくれないの」

あたしは右側の黒いバッグに飛び付き、中から包丁を一つ取り出した。

「ここで死んでやる」

「みーちゃん、ダメだ」

「ここで手首切って死ぬから。本気だからね。わかってるでしょ？」

二ヶ月前、彼の前で本当に手首を切った。傷は浅かったので大事には至らなかったけれど、彼は驚いて失神してしまった。

ぽんちゃんは、本当に、まるで小さな小さなハムスターみたいに、心の弱い人なのだ。だからあたしはぽんちゃんのことが大好きだ。

彼があたしの前に現れたとき、待ち望んだものがやっと神様から与えられたと思った。

あたしは、左手首に包丁の刃を当てた。そしてまっすぐ彼を見た。

「本当に死ぬから。死んでオバケになって、ぽんちゃんのことずっと恨み続けるから。天国のベビちゃんたちと三人でずーっとずーっと恨むから」

彼はもうイチゴ味の飴玉みたいに目を真っ赤にして、激しく震えている。音が鳴りだしそうなほどきつく歯を食いしばり、ウウーとうなっている。

「本当に死ぬから」

「やめてくれ」

「もう遅い。死ぬからね」

「お願い、お願いだから」

「ぽんちゃんのせいだから、何もかもぽんちゃんのせいだから」

「言うことききから、だから死なないで」

「じゃあ、やってくれる？」

ぽんちゃんはこくりと小さくうなずいた。それから、ワオ、ワオ、と声をあげて泣き出した。あたしは包丁の持ち手を服の袖で拭って黒いバッグの中にしまうと、ゆっくり彼に近づいて、体を寄せた。

そしてぽんちゃんの厚い胸に頬を当てて心の中で十秒数えたあと、上目づかいになって聞く。

「ねえ、なめてあげよっか」

＊

美紀はリサイクルショップ・ウチジマと道をはさんで向かいにある喫茶店で、弟が迎えにくるのを待っていた。仕事を終えてやってきた智也の姿をみとめると、ニコッと微笑み、顔の横で小さく手を振った。中学生の女の子のような仕草だと智也は思った。でもプロレスラー体型の姉がやるとただただ不気味だった。

智也は無言でレシートを摑み、会計を済ませた。美紀は財布を出すそぶりさえ見せなかった。店を出るとき、こちらの腕をとって、「ここって、この辺にしかない有名な喫茶店なんでしょ」とはしゃいで言った。智也はさりげなく腕を離しながら、「最近は東京とかにもあるみたいだけど」とそっけなく答えた。

なんでもいい、と美紀が言ったので、いきつけのラーメン屋に入った。この時間はいつも混んでいるのに、今日は空いていた。テーブルに向かいあって座る。美紀は首をかしげ、やっぱりニコニコ微笑みながら、「何がお勧めなの？」と昔と変わらないねこなで声で聞いた。

「いや、とくにこれってのはないんだけど。壁のメニューから選んでよ」

「智君は何を食べるの」

「俺は……ニンニクラーメン」

「じゃあ、あたしも同じの」

追加で、レバニラ炒めと酢豚と砂肝炒めを注文した。わざと、美紀が食べられなさそうなものを智也は選んだ。子供の頃、彼女は内臓肉や脂身の多い肉が苦手で、肉類で口にできるのは、鶏のササミや胸肉ぐらいだったのだ。

どうしてそんなつまらない意地悪をしてしまうのか、自分でもよくわからなかった。さっきから、なぜだか無性にイライラしていた。約十年前、理由もいわず突然姿を消したくせに、こうして何事もなかったかのようにのこのこと戻ってきたことに、俺は腹をたてているのだろうか。しかし、智也が十六歳、姉が十八歳のときに生き別れて以来、彼女を恨むような思いを抱いたことは一度もなかったはずだった。

どこかで、幸せに生きていてくれればいいと、素直に願っていた。俺みたいに、むちゃくちゃな生き方なんかせずに。

「同僚の人には、あたしのこと何て言ったの」

運ばれてきたレバニラ炒めを、自分の小皿にたっぷり盛りながら美紀は聞いた。豚肉もレバーも砂肝もまったく平気なようだ。

「友達って言ったよ。そう言えって自分が言ってたじゃん」

「いつからこっちに住んでるの」

「二十歳ぐらい……かな」

「どうして？　いつ栗町《くり》から出たの」

「わかんない」

「高校はどうし……」

「姉ちゃんは」遮るように、智也は大きな声を出した。「姉ちゃんは、どこに住んでるの」

「あたしはね、たまたまこっちに用があって、旅行っていうか、とにかく何日かこっちに滞在していたの。それで、人から買い物を頼まれて、偶然見かけたあの店にいったら、智君がいたから、本当にもうびっくりしたよ」

「旅行？　今どこに住んでるの？」

「旅行っていうか、まあ、そんな感じ。それにしても、智君、昔とすっかり顔つきが違う。いろいろあったんだね、智君にも。そうだ、あの子、仲良かった子、剛《つよし》君だっけ？　彼は元気？」

「あいつ、去年バイク事故で死んだ」

美紀はえーっと大げさに驚いた。「一体、何があったのよ」

店を出るときは、自分のことなど一切話すつもりはなかった。それなのに、気づくとあれこれべらべらとしゃべっていた。養父母が死んだあと、高校にはすぐにいかなくなったこと。美紀にわけてもらった金は数ヶ月のうちに半分は遊び代、半分は突然あらわれた親戚たちにとられてなくなってしまったこと。その後、暴走族グループに入り、先輩の家などを転々としながらその日暮らしの生活を送っていたこと。その頃、ギターを覚えたこと。暴走行為や窃盗などで少年院に入り、出院したあと、昔の彼女がこちらで就職したときいたので、それを頼って出てきたこと。その直後また窃盗で逮捕され、さらに数ヶ月後、デートクラブで働く家出少女を見張るアルバイトをしていたところを児童福祉法違反で捕まり、一年以上服役していたこと。幼なじみの剛はシンナーを吸った酩酊《めいてい》状態でバイクに乗り、高速道路を逆走、トラックとぶつかって死んだこと。

昔からそうだった、と話しながら思った。姉ちゃんにのせられると、言いたくなかったことまでべらべらしゃべってしまう。美紀は人の心をあやつるのが上手いのだ。その点にかけては、子供の頃から天才的だった。

　自分の話をするばかりで、食事が終わってしまった。

　また、智也が全て支払った。外は今にも雪が降り出しそうなほど寒かった。午後七時過ぎ。いくあてもなく、アパートとは反対のほうへ歩きだした。すぐに美紀が隣に並んで、「これから、どこいくの」と甘えるように言う。「智君、この近くに住んでるの?」

「いや……うん」曖昧に答える。「姉ちゃんは? 今どこに住んでるの? 帰らなくていいの?」

「わたしが今どこに住んでるのか、知りたい?」

「まあ、知りたいといえば、知りたい」

「静岡県」

　隠したがっているように見えたので、あっさり答えたことに智也は少し戸惑った。

「お、案外近いね。仕事は?」

「保育士。一人になったあと、資格とったの。手に職をつけたくて」

「へえ。偉いな。俺とは大違いだ」

「何か、気づくことある?」

「え? いや……なんで?」

「ううん、なんでもない。ねえ、もう遅いし、今夜は智君のところに泊めてよ」

　思わず黙ってしまった。美紀が手を握ってきた。

「ねえ、ていうかすごく寒い。おうち帰ろう」

恋人に甘えるように、智也の右手を両手で握ってブンブン振る。智也は腕をひっこめた。姉の手は氷のように冷たかった。

なんとかして断りたかった。しかし、言葉が一つも思いつかない。ダウンジャケットのポケットから煙草とライターを取り出し、とりあえず火をつけた。立て続けに三口吸う。その間に、精いっぱい頭を働かせて考える。こんなはやい時間に二人で家に帰って、その後俺は姉ちゃんと何を話せばいいんだ？　また身の上話か？　姉ちゃんの話は聞きたいような、聞きたくないような、というかただの身の上話で済めばいいが、たとえば借金を申しこまれたりしたら、俺は一体どうすればいいのだろう。今さら頼られたって困る。きっぱり断れる自信もあまりない。

とにかく、どうにかして時間を稼がなければ。

そのとき、突然、ピカーンとひらめくものがあった。

「そうだ、映画観にいかない？」

美紀はぽかんとした顔で智也を見た。

「今日、一日じゃん。映画、千円で観れるよ。な、行こう。そこのバス停からバスに乗れば、パリスモール藤村《ふじむら》店まですぐだから。パリスモール藤村店には、映画館がくっついてるんだよ」

智也は美紀の顔を見ずに歩きだした。振り返って確認しなくても、姉が鬼のような顔をして怒っているだろうことはわかっていた。

あんないじきたない女にはなりたくない、と二人でいるときに美紀はよく言っていた。いじきたない女、というのはもちろん養母のことだ。しかし智也にしてみれば、いじきたなさでいえば姉と養母はさほどかわらなかった。

姉の場合は、ケチというより見栄っ張りでごうつくばりだった。ほしいと思ったら、他人のものでも強引に奪い取る。なんでもいいから得になるものなら譲ってもらいたいという養母とは、確かに考え方というか欲の方向性は違うのだろうが、しかしいじきたなさでいえば同レベルだ。

いじめられっ子時代の美紀は、ただ周りを嫉《ねた》んでいじけているだけだった。友達が持っているのを目にしてたまらなくなったのか、突然、「自転車買って」「かわいいノートがほしい」だのと駄々をこねだして、怒り狂った養母に家の外に放り出されることがしょっちゅうあった。あの養母から娯楽品を買い与えられることなど、天と地がひっくり返ってもありえないと端《はな》からあきらめの境地にいた智也からすれば、姉の言動は全く理解できなかった。

体が大きくなってクラスメイトを配下に従えだすと、美紀は駄々をこねるのをやめ、自力でほしいものを手に入れるようになった。キャラクターの絵が入ったシャープペンシルやペンケース、においのついたきれいな色の消しゴム、カラフルなイラストが描かれたノート。美紀はそれらを「秘密箱」と名付けた段ボール箱にしまい、部屋の隅に置いて厳重に管理していた。

養母が買い与えるはずの絶対にないもの。それらは新品ではなく、どれもほんの少し使用した形跡があった。だからたとえば万引きなどではなく、友達から奪い取ったのに違いなかった。しかも力ずくで奪うのではなく、言葉巧みにだまし取るのが、美紀の恐ろしいところだった。

智也は何度も、そんな場面を目撃したことがある。

たとえば美紀が小学六年、智也が四年のときのことだ。

当時、子供の遊びには自転車が必需品だった。しかし、もちろん智也も美紀もそんなものは与えられていない。智也はときどき友達に二人乗りさせてもらうこともあったが、基本はいつも自分の足で走って追いかけていた。友達もからかったり、置いてきぼりにするようなことは決してなかったので、不満はとくに感じていなかった。「あるもので我慢する」「よそはよそ、うちはうち」という養母のポリシーを、智也はそっくり素直に受け入れていた。

しかし、自転車は美紀にとって泣き所の一つだった。

だから自分の配下には、遊び中の自転車禁止を命じ、それを徹底させていた。集団で自転車に乗ったら危ない、というのがその理由だった。自分を可愛がっていた担任の郷田に、学級会の議題として取り上げるよう頼み込み、最終的に美紀の掲げた集団自転車走禁止令は、担任のお墨付きを得て正式に施行されることになった。

ある日の放課後、智也は仲よしのクラスメイト数人と駄菓子屋にいき、その後公園に寄った。クラスメイトたちは自転車を木陰に止め、それからみんなでジャングルジムにのぼって、駄菓子屋で買ったふ菓子を食べずに地面に吹き飛ばす、という遊びをやりはじめた。智也は当時の小遣いが一日十円で、小さなふ菓子一つしか買えなかったので、吹き飛ばすフリだけして全部きちんと飲み込んだ。

そこに、美紀とその家来たち十人ぐらいが、徒歩で公園に姿を現した。外で遊んでいるときに姉に出くわすことはあまりなかったが、智也はとくに気にとめなかった。美紀たちは公園西端にあったコンクリート敷きの広場のところに円陣を組み、駄菓子を広げておしゃべりをはじめた。

美紀は信じられないほどたくさんの駄菓子を買い込んでいた。どうせまた養父に金をもらったのだろうと、智也は苦々しく思った。養父は美紀に甘く、智也には冷たかった。

しばらくして、智也もよく知っている美紀の幼なじみのひろ子が、自転車に乗って公園に現れた。ひろ子は美紀と同じクラスだったが、仲間はずれにされていた。ひろ子は裕福な家の子だった。お父さんは会社の社長で、お母さんは元客室乗務員だと聞いたことがある。ひろ子の自転車は、その辺でよく見るようないわゆるママチャリではなく、白とピンクのペイントがほどこされた、いかにも高価そうなものだった。

美紀はそれを目にするなり、ピッとすばやく立ち上がると、ひろ子に駆け寄った。そして、「ひろちゃん、自転車はいけないんだよっ」とヒステリックに怒鳴りつけた。

ちょうどジャングルジムの前で二人が対峙したので、智也にもはっきり声が聞き取れた。ひろ子はオロオロしながら「自転車は集団で乗ったらダメなんでしょ？　あたしは今ひとりだし」とほとんど泣いているような声で答えた。

「でも、公園にきたってことはあたしらと遊ぶつもりだったんじゃん。じゃあ集団じゃん。ひろちゃん、ふみちゃんと仲良しだよね。ふみちゃんとこれから遊ぶんでしょ。じゃあダメだよ」

「別にふみちゃんと約束してないし……」

「それに、四年生の男子が自転車で来てる。あれも合わせたらもう確実に集団だからね。公園はいろんな人がくるから、一人でも自転車に乗ってきた時点でルール違反なんだよ」

「男子となんて遊ばない……」

「自分のやってることが、どれだけ危ないか理解できてるの？」

そんな調子で、相手に話をさせる隙を与えず、いかに自転車が世の中の人にとって危険で迷惑なシロモノであるか、美紀は一方的に主張しはじめた。「たとえば小さい子がふらふら歩いてきたらどうするの？　絶対に避けられるって言い切れるの？」「この自転車、ものすごいスピード出るでしょ？　この辺、坂道多いし、お年寄りもたくさんいるんだよ」「あたし、見たもん。お弁当屋さんの前の道を、五年生の男子がマウンテンバイクでものすごくはやく走ってて、歩いてきたおばあさんとぶつかっちゃったところ。おばあさん、頭が割れて脳が飛びでて、脳みそが少し減っちゃって、そのままボケちゃったよ。その男子、今学校休んでカイゴにいってるんだって。カイゴってわかる？　おばあさんのおむつ取り替えたり、お尻ふいたりするんだよ」「自転車はね、車と同じなんだよ。人をはねたら、犯罪になるんだよ」「子供だって犯罪やったら逮捕されるんだからね。あたしのいとこは三年生のときに、クラスの子に石鹼入りのお茶を飲ませて殺しちゃって、子供だけど重罪だから逮捕されたよ。刑務所から手紙がくるもん。今度見せてあげるから」

あまりにもメチャクチャで支離滅裂だが、まるで舞台の上の女優のような大げさな話し方のせいか、威圧感のある大きな体のせいか、それともするどい眼光のせいか、とにかく美紀に一方的にまくしたてられると、どんなにメチャクチャで支離滅裂な話でも、聞いているほうは頭が真っ白になって、何もかも自分が悪く相手の言うことを聞くしかない、という気持ちになってしまう。ひろ子は泣き出し、その場まで土下座までした。そうして美紀は「この町の安全のため」という名目のもと、ひろ子の高級自転車を強奪した。集団自転車走禁止令はすぐになかったことにされ、美紀はそれから毎日暗くなるまで自転車を乗り回した。

数日後、当然のことだがひろ子の両親が怒鳴り込んできた。人に頭をさげるのが大嫌いな養母は、謝るどころか手みやげのない訪問を非礼だとなじり、美紀は最後まで「ひろちゃんがあげるって言ったもん」としらばっくれ続けた。

中学に入っても、美紀の強欲ぶりは変わらなかった。秘密箱の中身は、文房具からリップクリームやハンドクリームなどの化粧品、かわいい帽子や伊達《だて》メガネなどのオシャレな雑貨にかわった。高校生になると、奪い取るだけでなく、〝貢《みつ》がせる〟というやり方も加わった。その頃には美紀はもうほとんどアパートに帰ってくることはなかったが、たまに駅前などでばったりと出くわす姉は、ホステスみたいな毛皮のコートやブランドバッグを身につけ、化粧も濃く髪型も派手で、まるでおめかししたオカマみたいだった。

男関係も、人のものを奪い取るのが好きだったようだ。

最初に家出したときは、智也の同級生の父親と同棲していた。それ以外にも、教師をはじめ複数の既婚男性と付き合っていた。概ね四十代以降の中年男性だったが、「六十代ぐらいの、おじいさんにしか見えない人と二人で歩いているのを見た」と近所の人から聞かされたこともある。校内や他校の男子と付き合っている、という話は一度も聞いたことがなかった。

養父と、いつ一線を越えたのかについては、智也にはよくわからない。

あれは、美紀が中学一年、智也が小学五年の夏休みのことだ。

養父母は親戚付き合いを全くしていなかったが、なぜかそのときだけ、誰かの葬式だか法事だかに家族四人で参加することになり、そのために養父が職場の人から白のカローラを借りてきた。その道中ずっと、「ガソリンを満タンで入れておかないなんて、あんたの同僚はケチくさい」「こっちは電車代を削るつもりで借りたのに損した」「一滴もガソリンを残さずに返してやらなきゃダメだよ」と養母がネチネチ文句を言っていたのを覚えている。家族の雰囲気は険悪だったが、それはいつものことだった。それでも、めったにない車での旅行に、智也は心を弾ませていた。養母も久々の遠出でだんだん気分がよくなったのか、昼食にマクドナルドを食べたいという子供たちのリクエストをすんなり受け入れた。しかも智也は、ポテトをあきらめるという条件付きではあったが、憧れのビッグマックをはじめて許可されたのだ。あの驚くべき厚み、かぶりついた瞬間、顎《あご》が外れるかと思ったこと、二枚の肉のその野性味、全てが自分の目や舌や、体のさまざまな場所に今でもこびりついて離れない。美紀も念願のフィレオフィッシュをはじめて口にして、とても幸せそうだった。

葬式だか法事だかが執り行われる家は、隣県の山奥にあった。

一階だけでも十部屋以上ある古く大きな屋敷で、城のように巨大な仏壇が印象的だった。大人たちがせわしなく支度する中、智也ははじめて会ういとこたちと近くの川へ遊びに出掛けた。姉は誘わなかった。マクドナルドを食べてすぐ、顔色が悪くなり、車を止めさせてそば屋のトイレに寄った後も、ずっと苦しそうに下腹部を押さえていた。フライなどめったに口にしないので、腹でも壊したのだろうと思っていた。

川遊びをはじめてしばらくすると、遠くのほうに黒い雲が見えてきたが、気にせず遊んでいた。街からやってきた都会っ子ばかりで、山の天気の変わりやすさを知る者はいなかった。それから間もなくしてどしゃぶりの雨が子供たちを襲い、彼らは大慌てで屋敷に戻ろうと走りだした。智也もいとこのおにいさんたちの後を追って、必死であぜ道を駆けあがった。やっとのことで道路に出ると、少し先の路肩に、見覚えのある車がぽつんと一台、こちらに背を向ける形で止まっているのが見えた。養父が同僚から借りてきた白のカローラだった。

助かった、と思った。「おーい」「車があるぞー」とおにいさんたちに声をかけたが、もう遠くへ走っていってしまって声は届かなかった。智也は諦めて、カローラに背後から駆け寄った。運転席側に回り込むと、養父が無表情で座っていた。助手席には姉がいた。

なぜ姉ちゃんが、と疑問を抱いている余裕はなく、智也はバンバンと窓を叩いた。二人はびっくりしたようにこちらを見た。智也は後部座席のドアを開けようとしたが、ロックがかかっていて開かない。「お父さん、開けて」と叫んだが、養父は無反応だった。

ふと、異変に気づいた。智也は額のところに手で庇をつくって、車内を覗きこんだ。後部座席のシートの上に、影のようなものが見える。はじめ、狸か何かが寝転がっているのだろうかと思った。違った。それは狸などではなく、大きな丸い汚れジミだった。赤かった。明らかに、それは血痕《けっこん》だった。しかも、かなり大きい。

そのとき突然、ブルルン、とエンジンのかかる音がした。養父は智也を振り返ることもなく、まっすぐ前を向いたまま、車を急発進させた。

どしゃぶりの雨の中、白い煙が立ち上っていた。濡れた草と土の匂いで、胸が苦しかった。一体何がどうなっているのか、全く理解できなかった。混乱したままずぶぬれになって屋敷に戻ると、何をやっているのだと大人たちにいきなり怒鳴りつけられ、そのせいで、さっきまでのことが頭から飛んでいってしまった。

確か、屋敷には三泊ほどしたと思う。急な仕事が入ったとかで、帰る予定の日の早朝、養父が一人だけで車で出てしまったので、養母と姉の三人で電車で帰ることになった。ボックス席に座り、養母が屋敷から勝手に持ってきた誰かの作ったおにぎりを食べているとき、智也は急に思い出した。白いカローラの後部座席の、狸ぐらいの大きさの血痕。

「姉ちゃん、どこかケガでもしたの？」智也は梅のおにぎりを口いっぱいに頬張ったまま聞いた。

「あの車の血。姉ちゃんの血？　ケガでもしたの？　もう治ったの？」

すると、姉の顔は急に真っ赤になった。構わず智也は、

「車のさ、椅子に血がついてたじゃん。お父さんと病院でもいってたの？　ていうか、二人きりでどこにいってたの？」

と続けた。

その瞬間、養母が立ち上がり、突然姉に張り手をくらわした。

「やっぱりしてたのか。買い物いくとか嘘ついて、またしてたのか」

姉は頬を手で押さえたままそっぽを向いている。

「生理中なんだろ。したのか」

姉は無言だった。

「キッタナイ女」

また、パンと頬を張った。そのままパン、パン、パンと何度も叩いた。養母は地蔵のような無表情だった。見かねた男の乗客が「お母さん、やめなさいよ」と声をかけると、養母は無表情のままスッと静かに座りなおした。姉は鼻血を出していたが、なぜかにやにや笑っていた。

そしていきなり、「ピーヒャラピーヒャラ　パッパパラパ」と「ちびまる子ちゃん」の歌をうたいだした。

智也の記憶が正しければ、その翌日、美紀ははじめて家出した。

＊

あたしはずっと、窓の近くに座っていた。

座っているだけで、何にもしなかった。

ただ、座っていた。

最初はダイニングテーブルの椅子に座って、三人で話をしていた。奥さんが離婚を認めたら生かしておいてあげる、という約束だったけれど、あたしは最初からそのつもりはなかったし、あの女もそんなタマじゃないだろうと思っていた。その通りだった。目に涙を浮かべ、「こんな深夜に」とか「子供が起きます」とか「明日の朝、保育園に電話します」などとぶつぶつ文句をつぶやいていたと思ったら、突然ぷっとあたしの顔に唾を吐いたのだ。そして「ブタ女」と言った。だからななめ向かいに座るぽんちゃん（本当はあたしの横に座るはずだったのに、あの女が強引に「あなたはココ！」「あなたはココ！」と言った）に、「もう、やるしかないよ」と声をかけた。

ぽんちゃんは顔を真っ青にして、ぶるぶる震えているだけだったので、あたしは立ち上がって、「どうするの！」と叫んだ。

「あたしを捨てるの？　ベビちゃんたちみたいにあたしを捨てるの？　この女が今までどれだけぽんちゃんのことを裏切ってきたか、わかってるでしょ？　これまでもこの先も、ぽんちゃんのお金をしぼりとることしか考えてないんだよ！」

「裏切ったって何のこと」と女が口を挟んできたので、あたしはまた「ほら、ごまかそうとしてる！」と叫んだ。

「この女、さっきからごまかしてばかり！　絶対に認めるわけはないんだから、そう言ったでしょ！」

「ちょっと説明してよ」

「ぽんちゃん、この間見せてあげた下着思い出して！　園長先生のところで見つけた紫の下着！　汚らしく濡れていた下着！」

「うちの下着を盗んだのはあなたなの？」

「ほら！　盗んだとか意味不明なこと言ってる！　あたしが女の下着泥棒なんかするはずないのに、ぽんちゃん！」

するとぽんちゃんは自分の両頬を拳でおさえつけながら（ちょうど、子供がやる〝ぷんぷん〟みたいな感じで）、「むぎゅーっむぎゅーっ」と叫んだ。それからガバッと立ち上がって横の女の首を絞めた。

女は体をばたつかせながら椅子から転げおちた。ぽんちゃんは女の上に馬乗りになり、「くうぉー」とか「うふぃー」とか叫びながら首を絞める手に力を込め続けた。女の顔は見たこともないほど赤黒くなり、手足はこわれたおもちゃみたいにバタバタ動いた。その、床を叩く、タタタタタッというリズミカルな音を、あたしは多分ずっと忘れないだろう、と一瞬思って、すぐ、いやきっとあっという間に忘れるはずだ、と思い直した。

女の呼吸は、ふいにあっけなく止まった。

ぽんちゃんはその場に膝をついたまま、しばらく荒い息をついていた。少し待ってあげようと思った。三分経ってもなかなか動きださないので、「時間がないよ」と声をかけた。

「はやくしないと、明るくなってきちゃうよ」

意外にも、ぽんちゃんはすっと素直に立ち上がると、こちらを振り返らないまま、すたすたと廊下のほうへ歩いていった。あたしはあわててその背中に向かって、「まずはこっちに連れてきて、先に殺さないで」と声をかけた。ぽんちゃんは返事をせず、静かに子供部屋のドアを開けた。あたしはその間に、ダイニングテーブルから窓辺の椅子に移動して、デジカムのスイッチを押した。数分して、赤いパジャマ姿の小さな女の子の手をひいて戻ってきた。

女の子は目をこすっていたけれど、寝ざめのいいタイプのようで、こちらを見て「みきせんせえ?」と鈴のころがるような声でつぶやいた。そういえば、この子はお昼寝のときも終わりの時間がくると、すぐに飛び起きて外に遊びにでてしまうっけ。そんなことをあたしは思ったりした。

ぽんちゃんのために、部屋の照明を消してやる。外から月明かりがさし込んだ。まるでスポットライトのような白い光の中に、女の子がぼんやり立っている。右手に小さなぬいぐるみを持っていることに、今気づいた。あたしが子供のときは、あんなもの絶対に買ってもらえなかった。質のよさそうな綿のパジャマ。つるつるに輝く髪、父親の手をぎゅっと握る小さな手。

愛されて、育てられているんだろうなと思う。

「じゃあ、やって」

あたしは言った。

ぽんちゃんの顔はもはや、コピー用紙みたいに真っ白だった。でも、いつもみたいにめそめそ泣いてはいなかった。もう覚悟はできているらしい。ぽんちゃんは娘とつないだ手を離すと、そのままそうっと、その小さくて細い首元にもっていき、もう片方の手も添えて、次の瞬間、一気に力を入れた。

女の子は母親とは違い、じたばたせずにおとなしく逝った。最後に「ヒュッ」と鳥みたいな声をあげた気がしたけれど、気のせいかもしれない。

ぽんちゃんは今になって、ぐずぐずめそめそ泣きだした。娘の死体に覆いかぶさって、「ごめんよう」「天国でまたラーメン食べような」などとわけのわからないことをうめいている。あたしはまたきっちり二分待ってあげてから、「時間がないよ」と声をかけた。ぽんちゃんは涙と鼻水をダラダラ流しながら、顔をあげてあたしをまっすぐ見た。でも何も言わず、立ちあがると、当初の予定通り、用意しておいた二つの黒いバッグを寝室から持ってきて、重しを死体に巻きバッグに詰める作業を開始した。

あたしは椅子に座ったまま、「コンクリートは外でつけたほうがいいと思う」「硬直はじまっちゃうと体が曲がらなくなるから気をつけて」「先にそっちのデカイほうからやりなよ」などと指示を出した。

作業は二十分もしないうちに終わった。ぽんちゃんは運動はできないけれど、心の弱さを補うために長年ジムでトレーニングをしているのでとても力持ちなのだ。今日に備えて、体力づくりをしておくようにとも言っておいた。

「じゃあ、それ、車に運んで。あとは一人でできるよね」あたしはデジカムのスイッチを切って、言った。

「何それ」ぽんちゃんが不安げな声で聞く。「さ、撮影してたの?」

「あとで見せてあげるから、心配しないでね」

ぽんちゃんはどんな顔でこの映像を見るだろうと考えたら、気持ちがふわふわと浮きあがるようだった。楽しみだ。死体を捨てて戻ってきたら、すぐにでも見せてあげよう。

「なんでそんなの……なんで撮ってたの」ぽんちゃんはまた泣きだしそうになっている。「ねえなんで」

「そんなに深く考えなくて大丈夫。ねえ、それ捨てて、戻ってきたら、エッチしながらこのデジカムで撮影しようよ」

ぽんちゃんは口をもぐもぐしながら、あきらめたように視線をそらした。あたしは思わずフフッと笑ってしまった。

あたしを裏切るようなマネは絶対にさせない。ぽんちゃんは一生、あたしの奴隷だ。

「ねえ、ぽんちゃん」

「何?」

「さっき、あの女があたしのことブタ女って言ったけど、どう思った？」

「みーちゃんは太ってなんかないよ。スタイル抜群」

「お父さんの調子はどう？」

「えっ、急に、何？」

「知りたいの。お父さんの調子はどう？」

「運がよければ、年は越せるかもってこの間医者から聞いたけど」

ぽんちゃんは大きいほうのバッグを持ち上げようとしながら、鼻をすすった。「リカが死んだとわかったら、オヤジ悲しむだろうな」

「だったらはやくあたしたちが結婚して、またすぐに孫の顔を見せるからねって言ってあげたらいいんじゃない？　お父さんの寿命も少しは延びるかもしれない」

ぽんちゃんはどさっと荷物を床におとした。そして驚いたようにこちらを振り返った。瞼を細めて、何かを確認するような目であたしを見る。あの目は一体、何の目。わからない。ぽんちゃんと一緒にいて、はじめて胸がドキドキした。背中がつめたくなる。でも、あたしは無言で見つめ返した。一秒、二秒、三秒、四秒、五秒。ぽんちゃんはまた荷物を持ちあげ、前を向いた。

大丈夫。何もかもうまくいく。

この死体が片付いたら、あたしはぽんちゃんと結婚する。そのあとぽんちゃんの父親が死んで、ぽんちゃんの下《もと》に莫大《ばくだい》な金が入ってくる。ぽんちゃんのお金は、あたしのお金だ。

まだ、実感はわかない。でもそれはなるべくしてなる運命のストーリー。

ほしいものを手に入れたあと、あたしはどうなるのだろう。

また、何か別のものがほしくなるのかもしれない。何か別のもの、というよりも、別の誰かの持っているもの。

あたしは少しだけ、あたしのことが怖い。

白い月明かりが綺麗《きれい》だった。

*

「すごい綺麗な半月」

後ろを歩く姉が、突然話しだしたのでびっくりした。

「ねえ見て、智君。すごく綺麗な月が出てる」

「う、うん」と智也は戸惑いながら相槌《あいづち》を打つ。確かに、冬の澄んだ夜空に浮かぶ半月は美しかった。

映画館へ向かうバスに乗ったときから、美紀はあからさまに不機嫌になり、口を完璧につぐんでしまった。何を観たいか聞いても何も答えないので、仕方なく、切符売り場の人にお勧めの作品を教えてもらった。これが大失敗だった。今までに見たこともないほど気色の悪いサイコ映画だった。美紀は冒頭の死体の皮をはぐ場面のところでウエッとえずき、席を立って最後まで戻ってこなかった。智也はグロテスクな表現にはすぐに慣れたものの、字幕の漢字のほとんどが読めないせいで話に全くついていけず、結局三十分もしないうちに居眠りしてしまった。

目が覚めると、ちょうどエンドロールが流れていた。席を立ちながら、姉ちゃんがあのままどっかにいなくなってくれていたらいいなと思った。美紀は切符売り場の近くのベンチでコーラを飲みながら、智也が出てくるのをじっと待っていた。

二人はすぐに映画館を出た。再びバスに乗った。その間も美紀は無言だった。いつの間にか、〇時を回っていた。

「さっきの映画、面白かった？」

また、美紀が背後から話しかけてきた。智也は振り返らずに、「あー、まあ」と曖昧に答える。

「あのお腹から出てきたカセットテープって何だったの？」

「そんなのあったっけ？　いや、途中で寝ちゃったから、わっかんねえ。姉ちゃんって、ああいうの苦手だっけ？」

「苦手だよー。ホラー映画とか、怖くて眠れなくなっちゃう」

そういえばそうだったな、と智也はうつむいてかすかに微笑んだ。姉は幼いときから、気は強かったくせに変なところで怖がりだった。近所の大人にからかわれたり気に入らないことを言われると、全く恐れる様子もなく相手にかみついていくくせに、夜に一人でトイレへ行くことができず、智也に、トイレの中にまで付き合わせることがしょっちゅうあった。

あれは確か、自分が小学生になったばかりだったから、美紀が三年生のときのことだ。夜中に無理やり叩き起こされ目を覚ますと、美紀が鼻水をたらしながら号泣していた。姉は息も絶え絶えになりつつ、養父母の姿がないことを必死に智也に訴えかけていた。

部屋を見回すと、確かに養父母はいなかった。しかし、彼らが夜中に二人ででかけることは、そう珍しいことではなかった。当時、近所に安い飲み屋があり、養父母はしょっちゅうそこへいっていた。寝つきの悪い子供だった智也は、両親がこっそり家を出る姿を何度も目にしていたが、朝まで熟睡することのほうが多かった美紀は、それまで養父母の外出にまったく気づいていなかったらしい。

美紀はパニック状態だった。こちらの言うこともきかず、智也の手をひいて強引に外に飛び出した。幼児みたいにわんわん泣き叫びながら、アパートの周辺を一時間近く歩きまわっただろうか。二階に住んでいた借金持ちのソープ嬢が見かねた様子で出てきて、そのまま養父母が帰ってくるまで添い寝してくれたのだった。

姉弟ゲンカになるたび、智也はそのときのことを持ち出して姉をからかったが、美紀はいつも覚えていないの一点張りだった。今、試しに話してみたら、なんと言い返してくるだろう。姉ちゃんのことだから、やっぱり意地をはってしらばっくれるのかもしれない。そんなことをぼやぼやと考えているうちに、アパートに着いた。このアパートは木造だが、新築でオートロック付きだった。エントランスの中に入り、暗証番号を入力する。しかし、数字がパネルに表示されない。

すぐに、そうだった、と思い出した。リュックを開けて中を探った。

「あ、やべえ」

「どうしたの？」

「鍵、忘れた」

二人は見つめあった。姉の眉間のしわが、秒刻みで深くなっていく。

「どこに忘れたの？　店？」

「いや、家」

「じゃあ、部屋のドアは開いてるの？」

「うん」

「てことは、そこのオートロックのドアを解除できれば入れるってことね？　番号、わからないの？」

「わかる」

「じゃあはやく開けなさい」

「いや、これ、夏にこの近くに雷が落ちて以来、ずっと壊れてるんだよ。電気が通ってないの。だから、鍵じゃないと開かない」

美紀は間髪いれず、管理会社への緊急連絡先はないのか、裏の出入り口はないのか、電話で呼び出せるような知り合いの住人はいないのかなどと矢継ぎ早に聞いた。が、智也は首を振るばかりだった。

「鍵屋呼ぶしかないかも。でも、俺さっき映画館で金使っちまって、もう小銭しかない。姉ちゃん、金ある？」

「他に何か方法はないの？」

「……思いつかねえ、何も」

「どうするのよ、こんな夜中に締めだされて」

別に姉ちゃんがいなけりゃ、俺は一人で女のところにでもいくし、とよっぽど言ってやりたかったが、言葉を飲み込んだ。代わりに「電話番号は知らないんだけど、二階に住んでるマミちゃんってキャバ嬢が、いつも三時ぐらいに帰ってくるから、待っていれば一緒に入れるかも」と智也は言った。

美紀はコートのポケットに手を突っ込み、唇を尖《とが》らせて黙りこんだ。これはかなりお冠の顔だ、と姉の横顔を見ながら智也は思った。やがて、美紀は何も言わずにぷいっとエントランスを出ると、マンション横の植木のところに腰かけた。マミちゃんを待つことに決めたようだ。

智也は少し離れたところに立ち、煙草を続けて二本吸った。それから、観念して姉の隣に座った。

「昔、夜寝てたらお父さんとお母さんがいなくって、あたしパニックになっちゃって、外に飛び出したこと、覚えてる？」美紀は言った。

「覚えてない」

「あたし泣いちゃって、怖くって、智君つれて家の周りぐるぐる歩いたんだよ。覚えてるでしょ?」

「覚えてない」

二人はまた沈黙の海に沈んだ。まだ一時前だ。マミちゃんが帰ってくるまでに、二時間以上ある。酔っぱらっている日は、もっと遅い。

「さみぃな」

つい、ポロッと口から出た。

「寒いの?」と姉が聞き返す。「手袋、貸してあげよっか」

「いいよ。姉ちゃんがつけてろよ」

「うん」

「腹減ったな」

「そうだね。お腹空いた」

「昔さ、学校が終わったあとに俺ら二人だけ家にいてさ、ものすごく腹が減って……」

美紀がこらえきれない様子で噴き出した。「あれでしょ、うどんでしょ」

智也もつられて笑い出した。続きを話そうとしても笑いがこみあげて言葉にならない。しだいに二人は涙まで流しはじめた。

智也が話したかったのは、小学生の頃、空腹に耐えられなくなった二人が台所を漁って小麦粉を発見し、水を混ぜてうどんを作ろうとしたが水が多すぎて失敗してしまった、というだけの他愛のない思い出話だった。ほかの誰に聞かせたっておもしろがってはもらえないだろう。しかし、姉との間では笑い出さずにいられないエピソードだった。

「うどん」の話が出ると、次は「綿飴」の話がしたくなる。ほかにも「水風船」とか「色えんぴつの肌色」とかいろいろあった。

けれど二人は、それ以上は何も話さなかった。笑いが収まると、うどんのことさえ中途半端なまま、また黙り込んだ。

「あー、腹減った。カップ麺、買ってこようかな」

智也はリュックから財布を出し、小銭を数える。十円玉ばかりで、合わせて二百円もなかった。

「やべえ、金がなさすぎる。二つ買えるかな。小さいやつなら、二つ買えるかな。……あそこのコンビニの店長、いつもくだらない悩みを聞いてやってるんだし、たまにはおまけしてくれねえかな、いや無理だろうな」

「店長って、さっき話してた人のこと?」

映画館で上映を待つ間、沈黙が気づまりだったので、智也は一方的に自分の身の回りの話をした。機嫌を損ねていた美紀は相槌すら打ってくれなかったが、一応、ちゃんと聞いていたらしい。

「そうそう。一目ぼれしたお客さんにストーカーしかかってる、風俗好きの四十歳の店長。風俗の割引券でも持ってりゃなー。弁当と交換してくれたかもなー」

「カップ麺でいいのね？」

確認するように言うと、美紀は立ちあがってすたすたと歩きだした。三軒隣のコンビニの中へ、大きな影がすっと入っていく。やっぱり金を持ってるんじゃないか、とちょっとムッとしながら、智也はまた煙草に火をつけた。

カップ麺を買ってくるだけなのに、美紀はなかなか帰ってこなかった。様子を見に行こうかと思いつつ、なんとなく直感でそうしないほうがいいような気がして、智也はその場を動けなかった。

結局、戻ってくるまでに十五分近くかかった。

「はい、これ」

とすでに湯の入った日清カップヌードルを智也に差し出す。受け取ると、「そうだ、箸も」とコートのポケットから割り箸を出した。

「なんで一つしか買ってこないの」

「買ったんじゃないよ。もらったの」

思わず「ええっ」と大声を出してしまった。ちょうど前を通りがかったランニング中の男が驚いて振り返った。

「誰にもらったの」

「店長に」

「え？　どうやってもらったの？」

「お金がないから助けてくださいって言ったの」

「それだけ？」

「それだけじゃないけど、いろいろよ」

「いろいろって何だよ。意味わかんねね。なんで買わないの？　金、持ってないの？」

「何よ、文句ばっかり言って。せっかく智也のためにもらってきてあげたのに。食べないんだったら捨ててよ」

急に笑いがこみ上げた。姉は相変わらず人の心を操るのが上手いらしい。美人でもなければ、守ってあげたくなるようなタイプでもなく、むしろ人より随分とたくましく見えるのに、どういうわけか姉を庇護《ひご》する男が常にいる。今も多分、いるのだろう。

どんな男なんだろうか。

「なんで二つもらってこないの？」

「バカね。こういうときは欲張りすぎちゃだめなの。人間、欲をかきすぎると失敗するのよ。覚えておきなさい」

なんだか納得いかない気がしたが、それ以上は何も言わずにおいた。智也はカップヌードルのふたを開けて食べはじめた。麺はまだ少し硬かった。

「姉ちゃん、食べる？」

「いい。好きなだけ食べて。あたしのために残さなくていいよ」

「あのさ」

「しゃべってないで、食べなさいよ」

「なんで、俺に会いに来たの」

姉は答えない。答えないだろうなと思いながら聞いた。やっぱり答えなかった。

「智君、彼女とかいないの？」

「何だよ、急に」

「いいから、聞かれたことに答えなさい。彼女とか、いないの？」

「いるような……いないような」

「いるんだったら、ちゃんと真面目に付き合いなさい。その子の将来を支えるつもりがないなら、ダラダラ付き合うのはやめなさい。人の時間を大切にしてあげなさい」

麺がのどに詰まって咳き込んだ。「いきなりなんだよ、真面目かよ」

「大真面目よ」

美紀は大きな目で智也を覗き込む。目から光線が出てきそうだ、と智也は半分冗談、半分本気で思う。

「あたしたちは無茶苦茶な環境で育ったから、自分の家族を作ることに希望を抱けないのかもしれないけど、ずっと一人きりでいいなんて思わないで、誰かと智也の家族を作ってほしいの。あたしは真剣にそう思ってるんだよ」

「俺は別に、無茶苦茶な環境で育ったとは思ってないよ」

「あたしね、この間結婚したの」

智也の言葉を遮るような、強い口調で美紀は言った。

「相手の人は大学の先生なの。教授っていうやつ。奥さんと子供がいたんだけど、最近別れた」

「へえ、そりゃあよかった」

「何か、気づくことある？」

少し前にも同じことを聞かれたと思った。姉の意図がよくわからず、智也は何も答えなかった。

「彼は本当、普通の人なんだけど。でも、ちょっと特殊っていうか、複雑な事情のある家の人で、とにかくいろいろとうるさい家なの。やっかいなのよ。だからあたし、自分の家族は全員死んできょうだいも一人もいませんって言ってある」

急にものすごい早口になった。何を言っているのかほとんどわからなかった。

「だから、もう智君とは死ぬまでずっと会わないと思う。もし万が一、どこかであたしと関わることがあっても、赤の他人として接してほしい」

「要するに、縁を切りたいってこと？　そんなの、とっくに切れてたじゃん」

智也はカップヌードルを汁まですべて飲みきって、空の容器を道路に向かってぽーんと投げた。

容器はカラコロと思いのほか大きな音をたてて、向こう側の歩道まで転がっていく。

「なあ、姉ちゃん。二人で綿飴作ろうとしたときのこと、覚えてる？」

いつかの夏休み。養母に連れられて夏祭りにでかけたが、縁日の中をぐるぐる歩き回るだけで何も買ってもらえなかった。同年代の子供たちが手にしていたもので、二人が一番心惹《ひ》かれたのがふわふわの白い綿飴だった。養父から「綿飴は溶かした砂糖でできている」と聞いた二人は、翌朝、両親が仕事に出かけると、すぐに砂糖水を作ってボウルに入れ、日が暮れるまで菜箸でかき回し続けた。

智也は笑いだすことなく、最後まで話し切った。美紀は口元だけで無理やり微笑んでいる。その後も、智也は思いつく限りの昔話をべらべらとしゃべった。美紀は黙って聞いていた。気づくと時間が過ぎていた。四時少し前、マミちゃんがタクシーに乗って帰ってきた。泥酔していた。

部屋に入るとすぐに風呂を沸かし、先に美紀を入れた。その間に、同僚が泊まりにきたときのための客用布団を出して敷き、部屋にいくつかある女物の服の中から寝間着にふさわしそうなものを選んで、風呂場のドアの前に出しておいた。

智也が風呂からあがると、美紀はすでに布団に入って目を閉じていた。

五時を少しすぎたところだった。外はまだ暗い。

智也はベッドの縁に腰掛け、台所から持ってきたクリームパンをかじる。寝る前に菓子パンを食べるのが、毎夜の習慣だった。子供のときはおやつといえば、近所のパン屋で閉店間際に売られる残り物の甘いパンだった。いつも姉と一つを半分こだったたから、大人になったら甘いパンをいつでも好きなだけ食べるのが夢だった。

俺の夢なんてそんなもの。菓子パンを好きなだけ食べたいとか、ギターをひいてみたいとか、ささやかで小さなもの。でも姉ちゃんは、俺には想像もつかないようなでっかい夢を、小さな頃から腹の中で温め続けてきたんだろう。

「姉ちゃん、もう寝た？」

「起きてる」

姉は背を向けたまま答えた。

「本当に、俺らもう縁切るの？」

「そんなのとっくに切れてたんでしょ」

クリームパンを食べ終わり、寝る前の煙草に火をつけた。闇の中に赤い火がともる。遠い記憶がよみがえりかけて、消える。

「俺、別に姉ちゃんの幸せを邪魔したりしないよ」

「……」

「だから、これからもたまにはこうして会おうよ」

「……」

「子供が生まれたりしたら、顔見せにきてよ」

「……」

「そっちの布団で、一緒に寝ていい？」

「バカ言ってないで、はやく寝なさい」

自分でも、何バカなこと言ってるんだと思った。煙草を二口吸っただけで消し、歯も磨かずに布団をかぶった。

なかなか眠れなかった。寝付きの悪いのは昔からだ。反対に、美紀はもうすでに寝息を立てている。いつも寝入るまでに最低でも一時間ぐらいかかる。それまで目を閉じて考え事をするのだが、だんだんその内容が支離滅裂になってきたら、夢の世界と溶け合ってきたサインだった。

智也はアパートが燃えたときのことを思い出していた。授業をさぼって体育館の裏で仲間と煙草を吸っていたら、普段は何も悪いことをしていなくても殴りつけてくる機械科の教師が、飛び込むようにやってきて、「大変なことになったぞ」と青い顔をして言った。その後、どのようにしてアパートの近くまでたどり着いたのか記憶がない。電車に乗ったのか、誰かのバイクに乗せてもらったのか、歩いたのか。アパートの周りには人だかりができていた。誰か知らない人の口から、自分の住まいが跡形もなく燃えてしまったことを聞かされた。

その日は、朝起きたら珍しく家の中に美紀がいた。その頃、養母は人間関係のトラブルで信金を辞め、小銭を稼ぐために早朝から宅配便の仕分けのアルバイトをしていたので不在だった。

居間の隅っこで、養父と美紀がつがいの鳥みたいにくっついてひそひそ話していた。こちらに背を向けていて、二人は智也が隣の寝室から出てきたことに気づいていなかった。「お母さんが帰ってきたら」「ガソリンを」「保険金が」「二人で逃げよう」そんな言葉がとぎれとぎれに聞こえた。

いや、そうだったかな。そんな話し声、本当に聞いたっけな。妄想か？　俺は夢を見はじめているのか？

アパートから火が出たのは、それから約六時間後の午後一時過ぎ。出火原因は放火。一階の空き部屋に、ガソリンのまかれた跡があった。火が出てから数十分でアパートは全焼し、焼け跡から出てきたいくつかの焼死体の中に、養母のそれもあった。しかし、その日の仕事を「急な発熱」を理由に休んだ養父は行方不明だった。美紀もどこへいったかわからなかった。高校にもいなかった。養父が電車に飛び込み自殺したのは、その次の日の夕方だった。

美紀の高校の最寄り駅だった。

制服のスカートを短くした十八歳の美紀が、駅のホームで電車を待っている。そのそばには、よれた灰色のポロシャツを着た中年の男。二人はさりげなく指を絡ませ、互いの体で互いを支え合うように立っている。やがて、駅のホームにアナウンスが流れる。特急電車がやってくる。美紀が男の耳に何かささやいた。男が驚いたように振り返る。まばゆい光と振動。次の瞬間、男の体が斜めになって、同時にけたたましい警笛の音があたりに響きわたった。

これは夢だ。だって俺は、養父が電車に飛び込んだところを目撃していない。姉ちゃんと一緒だったのかどうかもしらない。誰もしらない。

毎日みる夢。

ざわざわと音がする。夢の世界が混沌《こんとん》としてわけがわからなくなる。見たこともない女が耳障《ざわ》りな声でわめいている。だんだん眠りが浅くなって、智也はゆっくりまぶたを開く。うるさい女は、ワイドショーのレポーターだった。

美紀が布団の上に座って、テレビを凝視していた。

智也が目覚めたことに、まだ気づいていない。

体を起こそうとしたが、なんだかやけに窮屈で身動きがとれない。

なぜだ。

まあ、いいか。

智也はぼんやりと視線をテレビ画面に移す。

ワイドショー番組はここ数日話題になっている殺人事件を報道していた。若い女のレポーターが目をひんむいた顔でカメラに向かって語りかける。まだ半分眠っているようなふわふわした頭の中に、不吉な言葉がしみこんでいく。数日前、運河に女の死体が浮かび上がった。そして今朝、その娘と思われる死体も発見された。死体には複数の鉄アレイが重しとしてくくりつけられており、また、どちらも首を絞められた跡があった。警察は被害者の夫で父親の大学教授から、参考人として任意で事情を聞いている。

「姉ちゃん」と背後から呼びかけると、美紀は大きく肩をびくつかせた。よほど驚いたようだ。

「いつから起きてたの」

「この人、知り合い？」

「なんでそんなこと聞くの」

ずいぶんと怖い顔をしている。ひろ子の自転車を奪ったときと、同じ顔だと思った。

「いや、なんとなく。姉ちゃんの結婚相手も、確か大学教授だったよな?」

「それが何?」

「そういえば、うちの店で買ったあの鉄アレイだけどさ、あれ、どうしたの? 家で筋トレやってんの? 随分たくさん買ってったけど。ていうか姉ちゃん、筋トレなんか必要なくね。もう十分ムキムキだよ」

智也はぷっと吹き出した。姉は笑わなかった。

「この家族、確か静岡県に住んでたんだよな。もしかして姉ちゃん、ご近所さんなんじゃないの」

黒目がちの大きな目でじっとこちらを見る。白い肌、硬そうな胸、長い髪、骨太な体。同じ血をわけたきょうだいで、同じ環境で育ったのに、どうして俺たちはこんなに違うんだろう。

「なあ、姉ちゃん」

姉は何も言わない。

「あのさ、俺が高校一年のときのバイト先、覚えてる? フジマーケットっていうディスカウントショップ」

「知らない」

「あそこでさ、園芸用の鉄柵とかトンカチとか買ってった客がいて、俺がたまたまレジで会計したんだけど、その後、実はそれが殺人の道具に使われていたことがわかって、警察が店にきたことあったじゃん。俺が『買っていった人の顔を覚えてる』って話したら、警察に取り囲まれて事情を聞かれたってやつ。話しただろ？　覚えてるだろ？　俺、そのとき『客は二人で、片方は背が高くて狐顔《きつねがお》、もう片方は丸顔で髭面《ひげづら》』って答えたんだよ。『どう見ても園芸品なんかに興味なさそうな二人だったから、怪しいなと思いました』なんて言ってさ。周りのみんなには『トモ、適当に言ってんだろー』なんてからかわれたけど、後日その犯人が逮捕されて、新聞見たら、まんま狐顔と丸顔の男の顔写真が載ってて、俺も鼻が高かったよ」

姉は何も言わない。

「そのとき、姉ちゃんにも自慢しまくったよな。俺、犯人逮捕に協力したぜー、なんつって。覚えてるだろ？」

「全く覚えてない」

「この事件も、犯人が鉄アレイを買った店に警察がいくかもね。どう思う？」

「そうかもね。知らない」

「この事件さー、ネットで結構話題になってるよね。俺もネット見るからさ、興味あっていろいろ調べてるんだけど、知れば知るほどヤバイんだよな。姉ちゃん、知ってる？　この大学教授、奥さんと子供が行方不明になってすぐに離婚届出して、その直後、子供を預けてた保育園の保育士と再婚したんだよ。すげーよな。で、この大学教授の家はものすごい資産家らしい」

「へえ」

「まあ、どこまで本当かわかんないけどね。でも週刊誌にも載ってたらしいし、マジかな。そうそう、その保育士の画像がネットに出回ってるんだよ。見たことある？　すげえんだ。やたらガタイがよくて、全然保育士に見えないの。そこのパソコン開けば見られるけど、見たい？」

「別に興味ない」

「そう、ちょっと体型は姉ちゃんに似てるかも」

「失礼なこと言わないでよ」

「姉ちゃんも保育士なんだろ？　もしかして、同僚だったりして」

「そんなわけないじゃない」

「あのさ」

と言いかけて、智也は口をつぐんだ。

部屋の中はやたら寒かった。

「何」と美紀は挑むように問う。

「俺がどこまで気づいてたと思う？」

美紀は何も言わず、ただわずかに目を見開いた。

「俺がニュースやネット見て、何かに気づいて警察にタレこむとでも思った？　フジマーケットのときと同じことをするかもしれないなんて考えたんだろ？　考え過ぎだよ。俺は今の今まで、姉ちゃんがうちの店で買っていったのが鉄アレイだったことも忘れてたぐらいだし。スポーツ用品だったな、ってことは記憶にあったけど。事件のことを知っても、姉ちゃんと結びつけたことなんか一度もなかったよ。保育士の画像だって、顔がぼんやりしてるし、俺、そもそも姉ちゃんの顔なんて忘れかけてたし」

さらに美紀は大きく目を見開いた。

「でも今、全部気づいた」

「言ってることがわからない」

「相手の男の家、資産家なんだろ」

「……」

「姉ちゃんのところに、いくら金が入るんだよ」

「……」

「わけてくれよ。わけてくれたら全部黙っててやるよ」

「……」

「昔みたいにわけてくれよ。そうしてまた、別々の場所で何事もなかったように暮らそう」

「……」

「あのさ」

「何」

「もしかして、俺のこと、殺しにきたの」

「……」

「なんで、俺、手足を縛られているの」

　智也がそう言った瞬間、背中にまわしていた美紀の左手がすばやく動いた。そこが、キラリと光るのが智也に見えた。包丁だった。台所にしまってあるはずの、買ったままパッケージから出していない新品の包丁。

「やめろ」

　美紀はゆっくりこちらに近づいてくる。

「痛くないから。深く刺せば、わりとすぐに意識がなくなるから」

「やめろ」

「アパートに火を点ける前にいかせてあげるから。焼かれるのは苦しいから」

「待って、お願い。もう少しだけ。わかった。俺、何も言わないよ。金もいらない。絶対黙ってる。だからお願い、殺さないで」

「ごめんね、智君。無理なの」

　姉は微笑んでいた。こんなふうに優しい姉の笑顔を見るのは、随分久しぶりだと思った。

　懐かしい思い出が、ふいに脳裏によみがえる。あれは、自分が小学二年のときのこと。養母が誰かからお古の色鉛筆セットを智也のためにもらってきてくれた。前の持ち主はあまり絵を描くのが好きではなかったのか、どの色も数センチほど短くなっているだけで、中には新品同様の色もあった。しかし、肌色だけなかった。なぜだかそれが猛烈に悔しくて、智也は珍しく駄々をこねてわんわん泣いた。養母も養父も全く相手にしてくれなかった。すると美紀がチラシの裏やノートの切れ端を持ってきて、そこに人間の絵を描き肌の部分をオレンジの色鉛筆で塗りながら、「こうしてオレンジを薄く塗ると肌色の代わりになるよ」と優しく教えてくれた。智也ははじめ見向きもしなかったが、美紀が上手に絵を描いたせいもあって、気づくと「本当だ」と目を輝かせながら一緒に笑っていた。

俺は単純な子供だった。そして姉は本当に優しい姉だった。

「いつから、俺を殺そうと思ってたの」

「多分、最初から」姉は即答した。

「何のために」

「いつかまた、同じ心配事がおこる気がする。念には念を入れないと」

「そ、そんなの考え過ぎだよ」

美紀はまたにこりと微笑む。そしてもう一度、「念には念を入れないと」と自分に言い聞かせるようにつぶやく。

「姉ちゃん」

「なあに」

「前からずっと、聞きたいと思ってたことあるんだけど」

「なんでも聞いて」

「姉ちゃんさ……その……姉ちゃんが、本当に、お父さんとお母さんを殺したの？」

美紀は一瞬、すっと視線をそらした。けれどすぐにまた、挑むようにこちらをまっすぐ見た。

「どうして、そのとき俺のことも一緒に殺さなかったの？　俺も一緒に殺しちゃえば、お母さんの保険金とか、たんまりためこんでた貯金とか、全部姉ちゃんのものになったじゃん。どうして俺に金をわけてくれたの。どうして俺の」

そこまで言って、智也は言葉をとめた。美紀が泣きだしたからだった。大粒の涙だった。

「あたしは弱かったの」

「なんで泣くんだよ」

「でも、もっと強くならなきゃ。ごめんね智也」

どうして最後に、智君でなくて智也なんて呼ぶんだろうとどうでもいいことを考えた。なぜ姉ちゃんは泣くんだろう。でも、自分の頬も濡れているのがわかる。俺も泣いている。

包丁の刃が、ぐいと自分の胸に押し付けられる。不思議と痛みはない。目の前で起こっていることが、現実のことだとどうしても信じることができない。俺は死ぬのか？　姉に殺されるのか？

「姉ちゃん、俺さみしいよ」

次の瞬間、まるで影が光の中に吸い込まれていくように、ふっと、姉の気配がきえた感覚がした。もう何も見えない。姉の顔はもう思い出せない。大きな体の女。なんで、なんで、なんで、姉ちゃんは、俺を殺しにきたの。

ホタルの群れは魔法みたいに

その場所にきてはじめての食事は、思っていたよりも豪勢だった。

メインのおかずはミートボール。インスタントの味噌汁もついている。先輩の七番が「金があるなら自分で弁当買ったほうがいいよ」と言っていたので、どんな残飯めいたものを出されるのかと内心びくびくしていたけれど、別にわたしはそれほど食べることに興味はないし、だからこの程度で十分だと思った。とりあえずミートボールを一口かじってみる。甘酸っぱいケチャップの味が舌の先から奥へと広がっていく。そのときふいに、自分はいつかこういう場所にくることになるだろう、と無意識のうちに予感していたんじゃないかという考えが脳裏に浮かんだ。

というか多分、本当にそうなのだ。だからわたしは、自分でも不思議なほど、こうして落ち着いていられるのだ。あるいはこの静かな気分は、ただ単に精神的なショックに対する防御反応みたいなもので、わたしはいまだにパニックのさなかにいるのかもしれない。あの、通いなれた坂道の途中にいたときのまま。わたしはずっと、ただただ静かに、取り乱し続けているのかもしれない。

「ねえ、でーら金持ちなんでしょ?」

食事を終えると、七番が声をかけてきた。彼女はまだ二十歳と若く、愛嬌《あいきょう》のあるなかなかかわいらしい顔立ちをしている。背中の中ほどまで伸びた髪は、下半分は金色で上半分が黒だった。

この部屋には他に、三十歳ぐらいの六番がいる。背が高く、顔がやたら白い。左目の脇に直径二センチほどの大きなほくろがある。毎日泣いてばかりで、ほとんどご飯も食べないらしい。七番がいうには、六番は勤め先のスーパーでレジの金を盗み、別の同僚にそれをなすりつけようとして、途中で全部バレて捕まったそうだ。

「なんでそんなこと聞くの？」

とわたしは七番に問い返した。数十分前はツルツルだったはずの彼女の額《ひたい》に、吹き出物ができているのを見つけた。

「なんかそういう感じするもんで、服とか高そうだもん。それにきれいだし、痩せとるし。やっぱクスリやるとやせるの？　もしかしてウエスト六十センチぐらい？」

「そんなに細くないよ、普通だよ」

「車は国産？」

いや、と答えそうになって口をつぐんだ。わたしは何も言わず、ニコッと微笑んでうなずいた。

「ふうん。なんて車」

そのとき、七番が車上荒らし犯だったことを思い出した。もしかすると車に詳しいのかもしれない。

「わからん。旦那しか運転しんし」

「ふうん。四駆？」

「わからんわ。ごめん」

わざとうんざりした口調で答えると、七番は一瞬、うろたえるような顔になった。まだ出会って数時間しかたってないけれど、この子は人懐っこいわりに、人の顔色をうかがいすぎるところがある気がする。車上荒らしも、付き合っていた男に「一緒にやってくれなきゃ死ぬ」と言われて仕方なくやったそうだ。しかも執行猶予中の再犯で、実刑は免れないらしい。このままではきっと、この子は幸せな人生を歩めない。

そこまで考えて、無性におかしな気分になる。人のことを心配している場合だろうか、わたしは。

「ねえ、お金持ちなのに、なんでクスリなんかに手を出したの」

思わず七番の顔をじっと見た。そんな理由の聞かれ方をしたのははじめてだった。

「あたし、何があってもクスリは絶対にやらんって決めとるから。だって人生終わるし。だからやる人の気持ちが全然わからん。ねえ、なんでやろうと思ったの、教えてよ」

わたしが何も言わずにいると、六番がフンと鼻で笑った。

「なんでだろう」とわたしはなんとなくつぶやいてみて、今の独り言はあまりに感傷的過ぎたと反省した。

「別に理由なんかない」

わざと、六番の白い不気味な顔をまっすぐ見つめて、わたしは少し大きな声で言った。

母が泣いて言うように、わたしの人生がめちゃくちゃになってしまったんだとして、それはいつからなのだろう。

アレをはじめたときはもうすでにいろいろなことが崩壊していた。とすると、結婚を決めたときから？　あるいはもっと前？　というより、あの家に生まれたことがそもそもの失敗だったのだろうし、わたしみたいな質《たち》の悪い人間がこの世に誕生したこと自体、大きな間違いだったともいえる。大げさでもなんでもなくそう思う。でも、表面的にはわたしの人生はずっとともに見えただろうし、客観的に考えれば相当にめぐまれていたほうなのだということもわかっている。

実家は市内で一番の高級住宅地に建つ一戸建て、父は税理士、母は専業主婦、兄は官僚で弟は弁護士の卵。わたしは県で二番目の私立女子中学からエスカレーター式に短大まで進み、母の実家のコネでアパレル会社に就職した。そこを一年もたたずして退職したあと、母の実家が経営する美容院を手伝うようになり、三年ぐらいして、祖母があたらしいネイルサロンを開いてわたしに持たせてくれた。二十六歳のとき、地元の食品メーカーの御曹司と結婚した。見合いだった。二十八歳で長女を、三十三歳で長男を出産。二年前、家を新築した。

なんて順風満帆な人生。わがことながら笑えてくるほど。何が不満だったの、と母は繰り返しわたしに聞いた。その気持ちはわからなくもない。でもそんな質問、答えられない。不満なんて何一つなかった。でも何もかも全てがイヤだった。

どうしてあんなことをしてしまったのか、なんて聞かれても、だからそんなの答えようがないのだ。それまでだって、何か理由があって行動していたわけじゃない。いつも目の前に自動的に道が出来てそこを歩いていただけだ。歩いていたら、あの坂道にわたしは立っていて、それでまたそこから道が出来て、いつもどおり歩いていったら、あの七番と六番のいる留置所にたどり着いていた。

それでも多分、わたしの周囲の人々は、わたしの人生がおかしくなったのにはきっかけがあって、それはごく最近のことだと思い込んでいる。山本《やまもと》君と出会ったこと。でもそれはちょっと違うのだ。たしかに、あの坂道に直接わたしを導いたのは彼に違いないけれど、彼みたいな若くてちょっとバカな男の子がどうにかできるほど、わたしの人生はもともとちゃんとしたものじゃなかったのだから。山本君は関係ない。

二年前の真冬、わたしは山本君と知り合った。

彼がうちの従業員の由美子《ゆみこ》ちゃんをサロン近くまで迎えにきたところにたまたま出くわしたのが、最初の出会いだった。由美子ちゃんは山本君を、「同棲している彼氏」とわたしに紹介した。山本君は「ども」と一言だけつぶやくと、すぐにぷいっと背中を向けてしまい、でも女の子みたいに透き通った声と、細く長い足と、少し離れ気味の大きな目が印象に残った。

その三日後、三越《みつこし》のシャネルで偶然彼を見かけた。四十代半ばぐらいのホステス風の女と一緒に時計を選んでいた。山本君は眉間に皺《しわ》をよせた不機嫌そうな顔で店の中をきょろきょろと見回し、女に話しかけられても気のなさそうな生返事をしていた。二回ぐらい目が合ったけれど、とくにこれといった反応がなかったのでわたしのことは覚えていないのだろうと思った。それから一週間ほどして、今度はうちの近くのラーメン屋の前で数人の男の子たちとぷらぷらしているところを、夫の運転する車の助手席から目撃した。そのとき、わたしははじめて彼の笑った顔を見た。瞼の皺に大きな目がすっぽり隠れてしまう、あどけない笑顔。目が合って、わたしたちは数秒見つめあった。声をかけることはできなかった。その翌日、サロン閉店後に数人の従業員をともなってテナントビルを出ると、出入り口のところに彼がぽつんと立っていた。

出会った日と同じく、外はとても寒かった。もしかすると、気温は氷点下だったのかもしれない。にもかかわらず、山本君はスウェットパーカにジーパンという薄着で、大きな耳を真っ赤にして震えていた。最初に声をかけたのは由美子ちゃんと仲良しのひかりちゃんだった。

「由美子は休みだよ」

ひかりちゃんは山本君の肩をがしっとつかみ、やたらとなれなれしい感じで言った。山本君はあからさまに迷惑そうにそれをかわすと、なぜかわたしだけをまっすぐ見つめて「家、追い出されたんですよ、由美子に」と言った。

「はあ」としか答えられなかった。周りのみんなも一様に困惑した表情をしていた。

「どこか、泊まれるところ、知らないっすか?」

「意味わからんし」

と、横から割り込んで言ったのは真樹《まき》だ。「泊まるところなんて、そっこら中にあるがね。漫画喫茶とか、カプセルホテルとか。つーか、友達おらんの？」

山本君はそれも無視して、やっぱりわたしにだけ向かって「困ってるんですよ」と言い、子供みたいに鼻をすする。

「友達は？」仕方なくわたしは聞いた。「家に泊めてくれる人とか、一人ぐらいおるでしょ」

「いません。あの、サロンに仮眠室あるって聞いたんすけど、そこ、借りられませんかね」

「ふざけんなって」と真樹が大きな声を出した。「うちの店は男子禁制なの。知っとるでしょ？」

確かに、サロン内には四畳半ほどの小さな仮眠室が一つある。まだ店をはじめたばかりの頃、忙しくて帰れないことが多かったので、自分用にソファベッドを購入して、当時は物置だった四畳半に入れた。今では店に泊まり込むことなどほとんどなくなってしまったけれど、勤務中に体調を崩したときの休み場所として、女の子たちからは重宝がられていた。

なんだかんだと一日一度は誰かが使用していることを考えると、いくら彼が二十歳前後の若者とはいえ、泊まらせるなど了承しがたい話だった。中で何をするつもりなのか、怪しいところだ。

それなのに、わたしは彼の大きな、黒い真珠みたいな瞳を見つめ返して「いいよ」と答えた。

女の子たちがこちらに非難めいた視線を送ってくるのもかまわず、彼をつれてビルの中に引き返した。エレベーターを待っている間、山本君は何も言わず、ちょっと気まずい雰囲気になった。数分してやっとエレベーターがきて、ほっとして中に乗り込むと、次の階で顔見知りの洋服屋の店員が入ってきた。彼女がわたしたちに背を向けた途端、山本君はいきなり手を握ってきた。

その手は氷のように冷たくて、目で見て確かめなくても、指がとても長くて細いのがわかった。わたしたちはエレベーターを降りるときだけ手を離し、エレベーターの扉が閉まったらまたすぐにつないだ。サロンに着いてわたしから手を離すと、バタバタと大急ぎで、湯の沸かし方やウォーターサーバーの使い方なんかを説明し、毛布を出してソファベッドの上に放りなげた。山本君はその間ずっと仮眠室のドアの近くに棒立ちになって、こちらをぼんやりと見ていた。「明日は六時前にくるから、それまでに身支度しといてね」そう言って、わたしは数十秒ぶりに彼の顔を見た。

それから全身を見た。

わたしは短大までずっと女に囲まれて生きてきて、兄弟以外の若い男の子と接する機会がとても少なかった。門限は夕方五時だったし、アルバイトも禁止されていた。はじめて異性と二人きりでデートしたのは二十二歳のときで、相手はずっと年上の人だった。だからわたしは、若い男の子とまともな恋をしたことが一度もない。

ふいにそんなことを思った。

「え、何？」

山本君は顎をひいて、こちらを探るような顔をして言う。「なんでじっと見てくるの」

「あの、一人で平気？」

「……多分」

「でも、ガスとか心配だから、わたしも仮眠室に泊まっていこうかな」

山本君はぽかんとした顔になって、右頬をぽりぽりかいた。それから「ははっ」と笑い声をあげた。

「なんだそれ、変なの」

そのまま、山本君は結構長い間笑い続けた。数秒おきに顔つきが子供から大人に、また大人から子供に変わるのは、この年齢特有のものなのだろうか。あるいは彼独特の特徴なのだろうか。彼をじっと観察しながら、わたしはそんなことを思ったりした。

それから二人でカップ麺を食べて、三十分ぐらいどうでもいい話をしたあと、ソファベッドの上で一回やった。小さなソファベッドの上で抱き合って一緒に眠り、朝にもう一回して、予定通り六時過ぎに店から追い出した。

女の子たちは出勤してくると、次々に昨夜はあれからどうしたのかとたずねてきた。みんな、周りに人がいないときを見計らってくるのでおかしいなと思い、こちらからもそれとなくいろいろ探ってみると、どうやら彼はうちの女の子達のほとんどと体の関係を結んでいるらしいことがわかった。多くは一回きりで、中には随分とこっぴどい形で捨てられた子もいるようだった。けれど、彼に対して非難がましい言葉を口にする子は少なく、むしろ一様に彼をかばう傾向が見られ、要するに、山本君はとてもモテるらしかった。

　他にも、愛人契約をしているマダムがいるとか、ホストクラブに入ったら三日でナンバーワンになってしまって先輩に殴られてやめたとか、由美子ちゃん以外に彼と同棲しているつもりでいる女が愛知県に二人、岐阜県に一人、三重県に一人いるとか、真偽のほどはともかく様々な情報が入ってきた。それほどまでに女に不自由していない状況であれば、わたしなんかのところにくることなどもう二度とないだろうと思ったのに、その夜、彼はまたサロンにやってきた。

　そのときはわたし以外に誰もいなかったので、いろいろなことがスムーズに運んだ。サロンを使うのはもうやめておいたほうがいい気がしたので、ラブホテルにいった。

　そのまま、なんとなく、ずるずると、週に一度か二度の割合で会うようになって、それから三ヶ月ぐらいした頃、「これ、吸ってみる?」と山本君が、わたしが買ってあげたルイ・ヴィトンのパーカのポケットから細長い芋虫みたいなものを取り出した。

　はじめて見たから、当然それが何だかわからなかった。山本君は片方の端に火をつけて一度吸い込み、それから火のついていないほうをこちらに差し出した。わたしがとくに抵抗することなく応じたのを見て、彼は「ははっ」と声をあげてあの笑顔を見せた。あの、子供のようで大人のようでもある不思議な笑顔。

　その次に会ったとき、山本君は芋虫と一緒に色のついた錠剤を出した。その日から、セックスの前に山本君が用意したあれこれを摂取するのが定番になった。そういうやり方が彼はやたら好きだった。わたしも好きだったと思う。彼が簡単な購入方法を教えてくれて、その受け渡し場所があの坂道の途中にあった。わたしは忙しい仕事や子育ての合間を縫ってそんなことをするのはさすがに煩《わずら》わしいと思ったのでちょっとイヤだったのだけど、彼がそうすることを望んだので坂道に通うようになった。

それで、ある、あつくもさむくもない昼間。あつくもさむくもなかったので、多分春か秋だったのだと思う。忘れた。坂道をてくてくのぼりながら、わたしはふいに気がついた。彼が自分に近づいてきた理由。わたしがどんな女なのか、彼は最初から見抜いていたのだ。わたしが何も感じない人間であること。好きとか嫌いとか、将来とか評判とか、全てどうでもいいと思っているということ。愛とか情とかそんなものはひとかけらも持ち合わせていないということ。誰かが用意してくれた道を何の考えもなく歩いていくだけ、というつまらない生き方を生まれたときから今まで意味もなく貫いているということ。

山本君が誰かの代わりに道をつくりはじめてくれた。優しく手をひいてくれたので、わたしはもともと歩いていた道を折れてこちらに進みはじめた。それだけ、本当にそれだけだ。もともと興味があったとか、なかったとか、そういう問題じゃないし、罪とか悪とか、そういうことはわたしにとって、それほど重要なことじゃない。というか、何にも大事なものはない。山本君はわたしのそういうところをうまく利用したかっただけだ。

多くの人がそうであるように、わたしは次第に眠れなくなり、痩せた。もともと痩せているほうだったので、最後のほうはガリガリで病人みたいだった。夫は否定しているらしいけれど、警察に密告したのは彼で間違いないと思う。今から思えば、交際期間から何もかもわたしの言いなりだった彼の、はじめての反乱だった。そうとも知らず、桜のつぼみのふくらみはじめたあの坂道に白昼堂々わたしは姿を現し、まんまと内偵中の捜査員の職務質問にひっかかって、めでたく犯罪者となった。

その瞬間まっさきに頭に浮かんだのは、山本君の笑顔だった。

その夜ひさしぶりに会う約束をしていて、だからその日は朝からずっと、彼とするはずの気持ちのいいセックスのことで頭の中がいっぱいだった。それが実現されることはないとわかって、落胆した。それから、今後自分の身に降りかかるであろう面倒なあれこれに思いを馳《は》せ、取り乱した。母のこと、夫のこと、店のこと。ただでさえ面倒きわまりない日常が、ますます複雑になってわたしの手を煩わせる。わたしが中にいる間に、みんな放火か何かにあって死ねばいいのにと思った。山本君さえ生きていてくれればいい。警察署に着いて最初に応対した女性の警察官に「お子さんもいるのに何やっとるの」といやみったらしく言われてはじめて、娘と息子の顔を思い浮かべた。

いろいろあって、わたしは釈放された。

六番と七番がどうなったのかは知らないし、とくに知りたいとも思わない。

どちらの家に帰るべきかわからなかったけれど、当日は母しか迎えにこなかったので実家に帰ることになった。父はわたしの顔を見るなり、これまで百万回は聞いたであろう出身大学にまつわる自慢話をべらべらとしゃべりはじめた。母はますます痩せていた。わたしより、よっぽど彼女のほうが薬物依存症患者に見えた。夕飯はすき焼きだった。お祝いのつもりらしかった。父はしゃべってばかりでほとんど手をつけず、母はしらたきだけを卵なしですすりつづけ、わたししかまともに食べないので具材が途中でこげついてダメになった。

その週の金曜の昼、夫から電話がかかってきた。

離婚届が実家に送りつけられていたことは知っていたので、もう二度と会うことも話をすることもないだろうと思っていたからとても驚いた。娘がどうしてもわたしの声を聞きたがり、ぐずって仕方がないのだと夫は心底嫌そうに言って、すぐに娘と電話をかわってしまった。けれど彼女は泣いてばかりで、まともな会話にならなかった。まだ幼いから、当たり前のことだけれど全ての事情を理解してはいない。でも、わたしともう二度と会えないことはうすうす感付いているらしかった。ごめんね、と謝りながら、もう少し大きくなってこの電話のことを振り返ったとき、母の謝罪はうわべだけのものだったと気づくのだろうかと思った。

ひとしきり娘の泣き声を聞いたあと、「パパにかわって」と言うと、夫はまたイヤイヤ電話口に出た。忙しい彼の貴重な時間をこれ以上無駄遣いさせないために、家に置いたままにしてある洋服などの処分や家族割引契約にしてある携帯電話のことなど、片付けなければならない事務的な用件を、わたしはなるべく手短に話した。すると、夫はなぜか黙り込んだ。随分と長い沈黙だった。受話器を放置したままどこかへいなくなってしまったのかと心配しはじめたとき、うなり声のようなものが漏れ聞こえた。

「お前、自分で産んだ子供だろう？」

疲れた声だった。仕事で疲労のピークに達したときの、青白い顔が脳裏に浮かんだ。

「悲しくないのかよ、会いたいと思わんのかよ」

わたしの逮捕にまつわるもろもろで、いろいろ大変な思いをしたのだろう。仕事も相変わらず忙しいだろうし、子供の面倒も見なければならない。申し訳ないとは思ったけれど、だからといってわたしにはどうしようもない。

「なんで？　いい母親だったが」

「それってわたしのこと？」

思わず聞き返すと、夫はまた黙りこくった。だからわたしも黙って、彼がいい母親だと言った根拠はなんだろうと考えた。

割合はやくから、英会話やエレクトーンなどの習い事をさせていたことだろうか。あるいは一応、二人とも完全母乳で育てたことだろうか。

「自分の子供だが」また、絞りだすように言う。「なんだて、その、なんか、かるーい感じ」

「かるーい感じって？」

「そもそもなんで、自分から電話してこんの？」

そのとき、夫の背後から、昼寝をしているはずの二歳の息子の叫び声が聞こえた。娘の泣き声もさっきから断続的に聞こえている。阿鼻叫喚《あびきょうかん》、という言葉が浮かんでついにやついてしまった。夫の家は今、まさに阿鼻叫喚図。ついこの間お義父さんに二人目の隠し子が発覚したばかりで、長男のところは結婚十五年目で相変わらず子供ができず、末の娘は二十一歳にしてピンサロ嬢からソープ嬢に出世し、次男の嫁が覚醒剤で逮捕。お気の毒様としか言いようがない。

「俺はお前次第では、やり直してもいいと思っとる」

意外な言葉だった。すぐには返す言葉が浮かばなかった。

「お前が、立ち直る努力をするのなら」

「お義母さんに反対されるわ」

「だから、家なんか捨てたって」

「そんなの無理に決まっとる」

「無理なんかじゃ……」

「この際だから正直に言うけど」わたしは彼の言葉をさえぎって言い、一つ深呼吸する。わたしが今から口にすることは、きっと残酷なことだと思うから。「子供のこと、可愛いと思ったことなんて一度もないよ。生まれたときから」

夫は電話口でウウウーと唸《うな》る。

「なんとなく、結婚したんだし、子供を産んだほうがいいような空気だったで産んだけど、可愛いとか、愛しいとか思ったことない」

「それ、強がりなんだよな」

「違うよ」

夫はもうそれ以上何も言わなかった。わたしの言葉の何が真実で何が嘘なのか、彼はわかっているだろうか。

電話を切ってから、ひまだったので財布だけを持ってあてどなく近所をぶらついた。数日前に降った雨のせいで、桜はすっかり散ってしまったようだ。学校帰りの小学生の色とりどりのランドセルが妙にまぶしくて、目がチカチカした。

市の再開発事業のおかげで、このあたりの景色は昔と比べると様変わりしてしまった。歩道がやたらめったら広くなり、マンションが増え、手芸店や焼き肉屋などの小さな店が減った。あまりに変わりすぎて、見知らぬ町をさまよっているような気分がする。そのせいで、知っている人に会うかもしれないという危機感がどうしても持てないのだった。家を出るとき、母がしつこくサングラスを勧めた理由に、今になってやっと気がついた。

風がだんだん強くなってきて、そのうち外にいることに耐えられなくなった。ちょうど見つけた喫茶店に入ってコーヒーを注文した。テーブル席が三つとカウンターだけの小さな店で、客は一人、マスターはもくもくとグラスを磨いている。わたしがこの町で暮らしていた頃、この場所には八百屋か鶏肉屋が存在していたような気がするけれど、あるいは記憶違いかもしれない。

雑誌を読んだり読まなかったりしながら一番奥のテーブル席でぼんやりしていると、カウンターのほうで客とマスターがこちらをちらちら見ながらひそひそ話していることに気がついた。マスターはわたしと同年代ぐらいの背の高い男性で、見覚えは全くない。客はやっぱりわたしと同年代ぐらいの細身の金髪の男性、顔立ちはどこかで見たような感じもするけれど思い出せない。もしかすると、小学校の同級生かもしれないと思った。どうでもよかったので再び雑誌に目を落とすと、客の男がこちらに近づいてくる気配がした。わたしがすぐに顔をあげて相手をまっすぐ見つめ返すと、男は戸惑ったようにその場に立ち止まって「あ」と言った。

*

「あ」

と俺は声を漏らし、そのまま呆然《ぼうぜん》と立ち止まった。

なんでそんな間抜けな行動をとってしまったのか、自分でもよくわからない。ふいに正面から女に見つめられて、胸がハッとした。

俺は小さく息をつき、気を取り直して、

「水野《みずの》さんですよね」

と声をかけた。

その直後、おそらく結婚しているだろうに当たり前のように昔の名字で呼ぶなんて、俺はやっぱり間抜けな男だとますます情けない気持ちになった。

女はマネキンのように表情を固まらせたまま、こくりとうなずいた。

「あの、俺のこと覚えとる？　って覚えとるわけないよね。俺さ、敦《あつし》だけど、わかる？　わかんないかな？　わかるよね？」

なんて間抜けなしゃべり方だ。しかも下の名前しか名乗らないなんて、俺は馬鹿な高校生か。救いを求めるようにカウンターを振り返った。マスターの淳司《じゆんじ》は洗い物に集中しているふりをして、俺を視界から完全排除している。

顔を正面に戻す。女はやっぱり無言で無表情だった。

以前と変わらず、人形みたいに整った顔立ちだと思う。昔と比べてだいぶ痩せてしまったせいか、少し暗い顔色のせいか、ややくたびれた印象があるものの、紛れもなく美人だった。俺はなんだか急に怖気《おじけ》づいた。

「あー、ええっと。まあ、いいや、ごめん。気にしんといて。じゃましてごめんねー」

「気にしんといてって言われても気になるし。あの、誰？」

女の強くはっきりした声に、俺はますますビビった。が、平静を装って「だよねー」とおどけた。おそるおそる、女の向かいに座った。体の半分だけ椅子に乗せ、いつでも逃げ出せる体勢を整えておく。

「あのさ……俺ら多分、随分昔に、一緒に動物園にいったことがあると思うんだけど、覚えとらん？　あそこにいる淳司と、君と、君の友達と」

女の表情がぱっと明るくなった。

「あの、東中《ひがし》の人たち？」

「そう、そうだよ。俺らのこと覚えとる？」

「覚えとるよ、うん。えっと、確か、どっちかがアッ君で、どっちかがジュン君で……」

「あ、俺が敦。あっちが淳司」

「わたしたちが中二のときだがんね」

女は小さなあごに人差し指を添え、何かを思い出す顔になる。不覚にも、かわいいと思ってしまった。

「確か……日曜日だったのに、なぜかわたしたちの中学の前で待ち合わせして……それでそのとき……」

「そうだが」俺はテーブルに身を乗り出した。「あのとき大変だったんだでね」

「わたしたちを待っとる間に、生活指導の先生が学校から出てきちゃったんだっけ」

「『お前ら何モンだーッ』っていきなり怒鳴られて、ビビってダッシュで逃げたら俺がすっころんで、ひじから大流血。そのあと動物園で遊んどる間も、ずーっとひじが痛くて痛くて。しかも全然血がとまらんくってさ。女の子の前でそんな醜態をさらして、でーら恥ずかしかった」

「そうだったそうだった。流血しとった」

女はキャハハと高い声をあげて笑った。にょきっと目立つ両八重歯が妙にかわいかった。俺と同じ年だからとっくに三十をすぎているはずで、よく見ると目尻や口の周りに細かい皺も目立つが、しかし不思議と老けた印象がない。大学生にも見えなくもない。

けれど、どこか変だとも思う。

何が変なのかはわからない。

妙にキラキラと光っている、色素の薄い瞳のせいだろうか。

「あれ……でも俺ら、学校違うのになんで知り合ったんだっけ？　どうして動物園になんかいくことになったんだっけ？　小学校が同じなわけでもないよね」

「覚えとらんの？」

女は急に真顔になった。

「うん……なんでだっけ？」

「あの、もう一人の女の子は元気？」カウンターから淳司が声をかけてきた。

「祥子《しょうこ》のこと？　さあ……五年ぐらい前の同窓会で会ったときは、確かお医者さんと婚約中って話だったけど。それ以来会っとらんもんで」

「お前、結構長い間、あの子に片思いしとったよな」

俺は淳司を振り返って言った。

「へっ」と淳司はすっとんきょうな声を出す。「そうだっけ。全く覚えとらんけど」

俺は思わず吹き出した。ダブルデート以来、こっそり彼女たちの中学まで何度も張り込みにいっていたくせに。それで結局、一度も告白できなくて高校生になるまで後悔していたくせに。こいつはこの期におよんで何を格好つけているのか。

そのとき、突然思い出した。彼女たちとダブルデートすることになったきっかけ。そうだった。俺が中学二年のとき、それまで言葉もかわしたことのなかったこの女に、駅のホームでいきなり告白したからだった。

急激に恥ずかしい気持ちがこみ上げた。それをごまかすために意味もなく咳き込んだ。間抜けすぎる思い出が脳裏を駆けめぐりはじめる。女と目が合う。見透かしたような顔で微笑んでいる。あのときも、今と同じ、達観したような、妙に大人びた笑顔を浮かべていた気がする。

「アッ君、あの駅でのこと、本当に覚えとらんの？」

女が言った。俺は、今度はマジで咳き込んだ。


はじめて彼女の姿を目にしたとき、冗談じゃなく、天使を見つけたと思った。

二年の新学期がはじまってすぐの、涼しい風のふく春の日だった。俺の通っていた男子中学と彼女の女子中学は最寄り駅が同じだった。電車も二駅目まで同じだったと記憶している。そのとき彼女は駅の改札の前で、友達と楽しそうにしゃべっていた。肩までの可憐《かれん》なお下げ髪、白い肌、少し目立つそばかす、大きなアーモンド形の目、めくれた厚い唇、折れそうに細い手首と足首、笑うと飛び出す魅惑的な両八重歯。周囲には同じ女子中学の生徒がたくさんいた。みんなと同じはずの水色のスカートが、彼女のだけ発光しているように見えた。冗談でなくマジでそう見えたのだ。ふいに一瞬、視線があった。鼻血が出そうになった。いやもしかすると、そのあと本当に俺は鼻血を出したのではなかったか。

それからしばらくの間、彼女の姿を駅で見かけることだけが人生の楽しみになった。教科書やノートやいろいろなものに似顔絵を描き、キツかった陸上部の練習中は常にあの天使の笑顔を思い浮かべて苦痛に耐えた。もちろん、オナニーのおかずは彼女オンリーだ。エロ本を使うなど、俺にとっては彼女を裏切るに等しい唾棄《だき》すべき行為に思えた。彼女以外の女の裸を見たら、脳の中が汚れてしまうような気さえした。彼女の名前が「ミズノサチコ」だとわかったのは、ゴールデンウイークがあけてすぐのことだったと思う。たまたま、同じ女子中学の生徒が冗談めかして彼女をフルネームで呼ぶところを目撃した。

翌日から、俺は自分の学校内で「ミズノサチコ」を知っている人物がいないか探しまくり、二週間ほどして、小学校が同じだという生徒を発見した。卒業アルバムをもってきてもらい、土下座して一ヶ月間借りた。そのまま借りパクしてしまおうかと思うぐらい、集合写真の中の彼女もまたかわいくて天使そのものだった。俺のオナニーの回数は一日二回に増量した。

そのアルバムの持ち主によれば、ミズノサチコは小学校では決して目立つタイプではなかったようだった。確かに顔は整っているが、地味でおとなしく、仲良くしている友達も同じような感じだったという。男子とじゃれ合ったり、また、いじめのリーダーになるような女子ではなかった。俺はますます彼女に対する思いを募らせ、一言でいいから言葉をかわしたいという気持ちを抑えきれなくなった。

何でもよかった。何でもいいから、彼女と視線を合わせて話をしたかった。「落とし物ですよ」「ありがとうございます」程度でよかった。でも彼女はハンカチ一つ落としてくれない。そのまま夏休みに突入し、彼女と全く会えない日々が続いた。俺の思いは爆発寸前に高まり、オナニーの回数は多いときで一日五回にまで達し、もう何が正しく何が間違っているのかわからなくなった。

そして、運命の九月一日。はやめに切りあがった部活を終えて駅にいくと、ホームに彼女が一人でいた。いつもはたいてい、ショウコと呼ばれている色黒で活発そうな女子が一緒だった。こんなチャンスはもう二度とないかもしれない。今、声をかけなかったら俺は一生後悔する。気づくと彼女の真後ろにたっていた。彼女はただならぬ気配を察したのか、俺が何も言わないうちにくるっと振り返った。思いも寄らぬ近さに俺がいたことに驚いて、彼女は「ひゃっ」と声をあげた。その鈴の鳴るようなあまりにもかわいらしい声を耳にして俺はもうわけがわからなくなり、額が膝にくっつきそうなほど腰を曲げて、

「すみませんけど、俺と付き合ってください」

と間抜けきわまりない告白をしてしまった。

その後は恥ずかしさのあまり、彼女の返事を聞かないまま、直後にやってきた反対の電車に乗って俺は遁走《とんそう》した。が、翌日からは開き直り、すでに友達であるかのように彼女に声をかけまくった。はじめはあからさまに迷惑そうにしていた彼女だったが、そのうちこちらの問いかけに笑顔を向けるようになり、告白から二ヶ月後、「友達と一緒ならあそびにいってもいいよ」と言われ、ついにダブルデートにこぎつけた。

多少のアクシデントはあったものの、ダブルデート自体はなかなか盛り上がったと思う。しかし、結局それきりで付き合うことはできなかった。俺はそれまで女の子との交際経験などな

く、どのようにして関係を深めていけばいいのかよくわかっていなかった。だんだん、駅で声をかけづらくなっていき、やがて互いになんとなく避けてしまうようになった。

そして俺は三年になってすぐ、陸上の試合で知り合った他校の女子から告白され付き合うことになった。童貞を捨てて、何の抵抗もなくエロ本でオナニーするようになった。


その後、俺はなんとか平常心を取り戻し、一時間ほど女と淳司と思い出話をした。俺が客ではなく、この店のオーナーだとわかると、女は異様なぐらいびっくりしていた。よほど俺がだらしなく馬鹿そうに見えたようだ。まあ、いい歳して髪を金色にしている男など、どう見下されても仕方がない。何人かの客が続けて入ってきたので、俺は店を出ることにした。女はなぜかあとをついてきた。

「アッ君、どこいくの?」

「俺? あ、買い物。そこのニューパリス」

まさかそこまでついてくる気だろうか。面倒な気持ちと、なんだかわくわくするような気持ちが混ざり合う。

「ああ、前はパリスモールだったとこだがんね。新しくなったんだっけ。いったことないけど」

「この辺も変わってまったなあ。あそこにあったうどん屋もつぶれて、もうすぐ弁当屋になるらしいし」

「ねえ、あんなとこに、牛丼屋できたんだね」

「あー、あそこはアパートがあったんだけど、何年か前に放火事件があったんだわ。刺殺体も出てきて結構な騒ぎになったんだけど、いまだに犯人は捕まっとらん。ていうか、その刺されて死んだ男の姉だが妹だかが数カ月後に逮捕されたんわ。でも、証拠不十分とかで釈放された。でも、俺はその女が犯人だったと思うね。いろいろ調べると怪しいんだわ。黒に近いグレーってやつ？」

「ねえ、アッ君さ、指輪しとらんけど、独身？　それともバツあり？」

「ああ、バツあり」

「いつから？」

「もう三年も前かなあ。今はさみしい独身野郎っすよ」

「わたしももうすぐバツがつく」

「え、マジで」

俺の馬鹿な大声が通りに響いた。冷たい風がびゅうびゅう吹いていた。曇り空のせいで、あたりは冬の朝のように薄暗い。国道を車がひっきりなしに流れているが、歩いている人間は俺たちの他には一人もいなかった。

「多分ね」

「ふうん。原因は何？　向こうの浮気？」

俺はなぜか無性にドキドキしながら聞く。

「まあいろいろ。ねえ、アッ君は昔とちっとも変わらんね」

「そ、そう？　でも髪の色はでら変わったがんね」

女はハハハとつまらなさそうに笑った。

「水野さんも変わらんね」

「ねえ、今晩ひま？」

そのとき、後ろからものすごい轟音《ごうおん》が聞こえて振り返った。ノーヘル二人乗りのバイクが、猛スピードで目の前を通り過ぎていった。

「ひまなら、どこかで今夜、一緒に飲まん？」

「あ、えっと、俺、店が……あるもんで……」

「あそこの角の、『エンジェル』って飲み屋知っとる？　そこで九時ぐらいにどう？　九時だったら店も終わっとるだろうし、遊べるでしょ？」

「いや、でも」

「せっかく再会したんだし、少しだけいいいが。少しのひまもないの？」

「あ、じゃあ、まあ、少しだけなら」

「九時ね。待っとるからきてね」

「ああ、はい」

「あ、そうだ。わたし、もう実家を出て随分たつからわからんのだけど、この辺って、ラブホテルってある？」

「え？　あっ、え？」

「お金はこっちが持ってもいいで、できるだけ清潔なところがいいんだけど」

「多分、あると思う……けど」

「あるならよかった。じゃあ、とりあえずあとでね。バイバイ」

女は顔の横で小さく手を振った。そしてくるっと背を向けて去っていった。

それにタイミングを合わせたように、ジーパンの尻ポケットに入れたスマホがふるえだした。見ると、菜々子《ななこ》からの着信だった。

「ねー、ニューパリスいきたいで、つれてってー」

「ちょうど俺もいくところだった。今からタクシーで迎えにいくわ」

電話の向こうで、菜々子は「やったー」と無邪気にはしゃぐ。俺は不穏な予感のする女の小さな後ろ姿を視界から追い出し、最近付き合いはじめたばかりの十三歳年下の恋人の豊満な胸元を思い出しながら、タクシーを拾うために国道を振り返った。

＊

今から二十数年前、駅のホームでわたしに突然告白してきたことを、彼は本当に忘れてしまったのだろうか。

わたしは、一度も忘れたことがない。

あの喫茶店は脱サラして、幼なじみのジュンジと二人で金を出し合ってはじめたらしい。「あいつは見た目がいいから接客担当。無愛想な俺は裏方担当」と言いながら、アッシは卑屈っぽく笑っていた。そういえば中学のときも、背が高くてルックスのいいジュンジに対し、どことなく劣等感を抱いている様子だった。わざとおどけてピエロ役を買って出ては、笑われて傷ついた顔になる。そういうところがちょっとかわいいなと当時思った。自信過剰でナルシストなジュンジにはあまりひかれなかった。

その日の夕飯は焼き肉だった。父はホットプレートに肉を置くだけ置いてほとんど食べずに、いつもどおり自慢話をべらべらとしゃべり続けた。今日のテーマは「有名人の知り合い」らしかった。彼が「友達」とか「仲間」とか表現する相手が、本当に彼とそういう間柄なのかよくわからない。母はもやしだけをほとんど生のままでもくもくと口に運んでいた。彼女は昼にももやしを食べていた。わたしが高校生ぐらいの頃から、彼女は急にご飯を上手に食べられなくなった。それからじわじわと瘦せていき、まだ還暦前なのに今や後期高齢者のような見た目だった。もうじき死ぬだろうとわたしたちきょうだいの間で言われてからずいぶんとたつ。もしかして、案外長生きするのではと最近のわたしは思いはじめている。

約束の時間より少しはやめにエンジェルに着いた。数日ぶりに化粧をしたせいか、額がかゆくて仕方なかった。ビリヤード台が二つもある広々とした店内に、客はまばらだった。小さなカウンターの端に座って、ビールを頼んだ。九時半になっても彼が現れないので喫茶店に電話をかけた。ジュンジがでた。アッシと待ち合わせをしているがまだこないということを伝えた。それから二十分おきに喫茶店に電話をした。結局、アッシは二時間半ほど遅刻して姿を現わした。すでにベロベロに酔っぱらっていた。

ろれつの回らない口調でわびの言葉を一方的に言った後、昼にしか出していないという鉄板ナポリタンを作るようエンジェルのマスターに強引に言いつけ、しかし、それが出てくる前にカウンターにつっぷして眠りだした。店は夜が深くなるにつれてにぎやかさを増した。十人ぐらいの団体客がやってきてカラオケ大会をはじめた。店の一番奥まった場所で通夜のように静まりかえっているわたしたち二人は、もしかして誰からも見えない透明人間にでもなってしまったのかも、などとくだらないことを考えたりした。アッシはなかなか目を覚まさなかった。鉄板ナポリタンは冷めきって、もうすっかり食品サンプルみたいにカチカチになっている。深夜一時を過ぎて手洗いにたち、戻ってくると、彼が薄目を開けてあたりの様子をうかがっていた。ああ、この人は酔っぱらっていたのも眠っていたのも全部芝居だったのだなあとやっとわたしは気がついて、一人で店を出た。

外は真冬のように寒かった。コンビニやガソリンスタンドの明るすぎる照明が、なぜか余計に風の冷たさをあおる。携帯が鳴った。夫からの電話だった。聞こえてきたのは娘の声だった。

「ママ？」

こんな時間に何をしているのだろう。眠れないのかもしれない。娘は小学校に入った今でも寝付きが悪く、ときどき赤ちゃんみたいに泣いてしまう。

わたしは何も言わなかった。

「ママ？　ママ？」

その声は、だんだん切羽《せっぱ》詰まっていく。どうしてだろう、とわたしは思う。どうしてこんなに心が動かないんだろう。確かに夫の言う通り、わたしは表面的には、いい母親だったのかもしれない。母乳で育てたし、働きながらもできるだけたくさん一緒にいるように努力したし、将来のために習い事もさせた。でも、それが何？　周りがそうしろって言うからそうしただけだ。わたしは一度もこの子のためを考えて行動したことはない。彼女が生まれたときのことは忘れられない。胸に抱いた瞬間、わたしは誰のことも、好きになったり、愛したりできないんだと気がついた。

それって一体何が原因なのだろう。

育ち？　それとも生まれつき？　わからない。

なにはともあれ。自分の母親は人間ではなく、人間に似た別の何かだったのだと、彼女にはあきらめてもらうしかない。最後に声を聞かせてあげたほうがいいような気はしたけれど、何も思いつかなかった。だからそのまま電話を切った。

五分ほど、その場にじっと立っていた。ふと思いついて山本君に電話をかけた。すると、なぜか佐藤《さとう》君が出た。

佐藤君は山本君の友達で、二人は以前、ほんの一、二ヶ月ほど同じ地元の小さなモデル事務所に所属していた。一度、山本君がどうしても回転していない寿司が食べたいと言うのでつれていこうとしたら、待ち合わせ場所に二人で立っていた。佐藤君はホテルの部屋までくっついてきて、わたしたちがセックスするのを最後まで眺めてから帰っていった。

「え？　サチコさん？　マジでサチコさん？　出てきたの？　おめでとーん」

「うん、山本君は？」

「あのね、あいつねー、なんかねー、強制退場させられてまったー」

すでにかなりいい気分になっているようだ。彼の背後から、男とも女ともつかない笑い声が聞こえる。

「強制退場って何？」

「実家のねー、親にねー、見つかってねー、連れ戻された。あいつの家、でーらでかいんだわ。小牧《こまき》にあるんだけど、マジ大豪邸。豪邸っつーか、城？」

「ねえ、佐藤君。今日、なんか持っとる？」

「えー。出てきたばっかで、それはやばくね？」

「何も持っとらんなら、それでいいわ。今から会えん？」

「えー、なになに？　なんか、こえー」

「一回だけ。しつこくしないから、一回だけ会えん？　お小遣いもあげるで」

「ちょう待ってー。あとで電話するー」

一方的に電話を切られた。三分待っても返事がなかったら携帯の電源を切ってしまおうと思っていたら、三十秒もしないうちに折り返しの電話があった。

そこは薄暗くて生臭かった。匂いの原因は流しに置きっぱなしのケンタッキーフライドチキンの残りだとすぐにわかった。照明器具は一つもついておらず、明かりは火のともされた二つのアロマキャンドルのみ。玄関から台所にかけてすさまじいほど散らかっているのに、部屋の中は物も少なく不自然なほど片付いている。佐藤君はわりあい神経質なタイプだと、いつだったか山本君に聞いた。汚さないようにしなければ、と自分に言い聞かせながら、わたしはそっと床の上に腰を下ろした。

佐藤君は革のソファベッドに横たわり、薄目を開けた眠たげな顔をしてヘッドホンで音楽を聴いていた。「鍵、開けっ放しでいいの?」と尋ねると、彼は黙って一度小さくうなずいた。しかし「何を聴いとるの」という問いは無視された。

しばし考えて、財布からあるだけの一万円札を出して目の前のガラステーブルに置いた。佐藤君はヘッドホンをもぎとりながら勢いよく起きあがり、札の数を数えてぷっと吹き出した。

「サチコさん、俺に何をさせたいの」

「どういうこと」

「いや、だって。こんなにいっぱい」

「別に。佐藤君がやれることをしてくれればいい」

佐藤君は不思議そうな顔をしてじっとこちらを見た。闇に目が慣れてきて、ああ、この子はこんな顔をしていたなとわたしは妙に懐かしい気分で思った。自然にカールしたやわらかい髪の毛、案外男らしい太い眉、あどけないのに鋭い瞳、いつもぽかんとあいた口。山本君がコヨーテだとしたら、この子は豆柴《まめしば》だ。あのとき、由美子ちゃんを迎えにきたのが山本君でなくて佐藤君だったらどうなっていたのだろう。そんなことは考えたってわからないけれど、結局のところ、わたしは山本君でも佐藤君でもどっちでも、何でもよかったのだと思う。

「相当、ヨッキュウなんだね。サチコさん」

「え？　ヨッキュウって何？」

「欲求不満のことだが」

愉快そうに言って、佐藤君はソファベッドのわきに無造作に置かれていたビニール袋を手に取った。そして、「これ、やる？」と子犬みたいな目をして言った。

はっきりとした意識があったのは、それまでだった。

すぐに時間の経過が曖昧になる。知らないうちに、佐藤君とわたしは別々の人間ではなくて、固まった一つの大きな物体になってしまったような気分になる。うれしかった。彼と触れあっているだけでうれしくて楽しくてたまらなかった。佐藤君と繰り返しセックスをした。死んでしまう、と百万回思った。わたしが大きな声を出しすぎるらしく、何度か息が止まりそうになるぐらい強く口を手で押さえつけられたけれどそんなことはかまやしないと思った。朝がきて、昼がきて、夜がきた。でもそれは気のせいかもしれない。人が減ったり増えたりしたような気もする。男もいたし、女もいた。わたしも佐藤君も何も食べなかった。途中、わたしは不思議なものを見た。何回目かのセックスのあと、わたしと佐藤君はソファベッドに並んで横になり、ぼうっとしていた。眠ってはいなかった。カーテンの隙間からあかるい空が見えた気がしたから、少なくとも夜ではなかったと思う。それと、台所のほうから人の笑い声が聞こえたので、誰かお客さんが来ていたのかもしれない。目の前で何かが光った。あ、ホタルだ、とわたしはすぐに思ってすばやく起き上がった。部屋の中でホタルが一匹飛んでいる。三年前の初夏、家族でドライブにでかけた帰り、突如ホタルの大群に出くわしたことがあった。わたしは息子を妊娠中で、娘はまだ保育園児だった。夜の水辺を、無数のホタルが火の粉のように舞っていた。陽が暮れる前はやたらとはしゃいで親の手を煩わせまくっていた娘は、その夢のような景色を目にした途端、電池が切れたみたいにぴたっと静止した。わたしの手に包まれた彼女の小さな手が、徐々に徐々に熱を帯びていく感じを覚えている。「ママ、捕まえて」と言われたのに、身重のわたしは動きに自由がきかず願いをかなえてやることができなかった。夫は蚊にすらおびえるほど虫が苦手で、車の中に閉じこもったまま出てこようとしなかった。しばらくすると、ホタルの群れは魔法みたいに一瞬にしてそこから消えた。

今度こそ捕まえてやろう。それで、あの子の小さな手のひらにホタルを載せてやるんだ。わたしは体の上にかけられたタオルケットのようなものをはいで、床に足を下ろした。壊れたラジコンみたいに空中をふわふわと漂っていたホタルは、あっけないほど簡単に捕獲することができた。閉じた両手から、かすかに光が漏れる。そのときふいに、今、わたしの両手の中にあるのはホタルなんかではなくて、あの水辺で過ごした時間の小さなかけらが閉じ込められているのではないかという気になった。手を開いたら瞬く間にかけらが目の前いっぱいに広がって、わたしを飲み込むだろう。わたしはあの瞬間に戻る。山本君と出会う前からやり直すのだ。恐る恐る、指を一本ずつひらいた。手のひらにあったのは、ホタルではなくて真っ黒い単三電池だった。

それから、また朝がきて、昼がきたとき、唐突に部屋を追い出された。

とてつもなく気分が悪かった。体が鉄のように重くて足を踏み出すだけで胸が痛い。携帯で時間を確かめると昼の十二時すぎだった。日付はここへきたときと同じで、それが何を意味するのかなかなか理解できず、考えていたら頭が痛くなってきて吐きそうになった。

アパートの階段を降りきると、しばし道端に座り込んだ。幸い、あたりに人気はなかった。空はどんより曇っていて、今にも雨が降り出しそうだった。

しばらくすると少し気分がよくなった。わたしはふらふらとあてどなく歩きだした。このまま家に帰るわけにはいかなかった。母に何を言われるかわからない。国道沿いに出て、ふと視線を道路の向こう側に移すと、背の小さなおばさんがカップ酒をあおりながら空に向かって独り言を叫んでいるのが見えた。自分の未来の姿だ、と思う。わたしはいつ正気を失うのだろう。明日だろうか、明後日だろうか。

タクシーがやってきたので手をあげて止めた。乗り込んでから行き先を考えようとして、しかし何も思いつかず、ドライバーがいぶかしんでこちらを振り向いてもわたしは黙っていた。そのとき、助手席の背もたれ部分の広告が目に入り、とっさにそこに書かれていた文字を口にした。ドライバーはますますうさんくさげな顔になって「どこの?」とぶっきらぼうに聞いた。わたしはおろおろしながら、とりあえず地元の町の名前を言った。ドライバーは「ああ、あのできたばっかのとこね」とつぶやいて車を出した。

十分ぐらいでタクシーは目的地に着いた。車から降りると、目の前には見知らぬ景色が広がっていた。

サバンナみたいにだだっ広い駐車場。いろとりどりの国産車。どこからはじまってどこで終わるのか全く想像できないほど巨大な白い建物。なんだここは。こんなものわたしの町にいつできたのか。さまざまな家族が小さなチームを組んで、次々に建物の中に吸い込まれていく。もしかして、今日は日曜日? わたしは恐る恐る一歩を踏み出す。近づくにつれ、建物一階の中の様子が見えてくる。食品売り場。わたしだって、ほんの少し前まではああいうところに毎日通っていたのだ。もう遠い昔のよう。

でもそんなことはどうだっていい。

すぐ横で、誰かが足を止めた気配がした。

視線を移すと、見覚えのある男がこちらを見ていた。

ひょろりとした体。黒いジーパンと黒いコート。赤いニット帽から、金髪の襟足《えりあし》がのぞいている。

「アッ君」とわたしは反射的に彼に呼びかけた。

アツシはあからさまに狼狽《ろうばい》した顔になった。そのまま、かくっと不自然な動きで方向転換し、バス停方面に向かって歩き出した。横にいる恋人らしき若い女の子が、いぶかしげな顔でこちらと彼を交互に見る。

わたしは彼を追いかけようと、すぐに歩き出した。でもほんの数歩で足を止めた。そばにある車の窓に自分の姿が映っていた。化け物がいる、と思った。

ものすごい姿だった。

化粧が溶け落ちた顔面は気味の悪い絵画のようだ。べたついた髪が蔦《つた》のように頬や首に巻きついている。もう一歩車に近づいてよく確かめると、コートの下のセーターを後ろ前に着ていた。ジーパンのファスナーも半分開いている。タクシーの運転手さんはこんなお化けをよく怖がらずに乗せてくれたなあ、と他人事みたいに考える。さっきのカップ酒のおばさんを笑えない。わたしは何をやっているのだろう。このまま一体、どうなってしまうのだろう。

ふいに、雨粒が頬に落ちてきて空を見上げた。さっきまで曇っていたのにいつの間にか晴れている。雨など降っていなかった。

わたしは泣いていた。

そう認識した途端、涙は決壊したどぶ川みたいにどんどんあふれて止まらなくなった。アッ君の恋人が彼の背中をとんとんと叩《たた》いて振り向かせ、こちらを指差した。アッ君は泣いているわたしを目にすると、鬼にでも出くわしたかのようなぎょっとした顔になり、あわててまた前を向いて歩調をはやめた。歩くというより小走りしている。恋人はついていくのが大変そうだ。わたしはまた車の窓を覗き込む。涙と鼻水で顔面はますますぐっちゃぐちゃになり、人の顔というより不気味な虫の紋様《もんよう》みたいだと思った。

二十数年前、駅のホームで突然声をかけてきたときの彼の姿が脳裏に浮かぶ。体中の勇気という勇気をカラカラになるまで振り絞ってきたようなせっぱつまった表情をしていた。あの頃の彼には、きっとわたしが天使のように見えたのだろう。一目ぼれって、きっとそういうことだ。そう考えると申し訳なかった。わたしは申し訳なくて泣いていた。彼を失望させてしまったことがわかって辛かった。お下げ髪の純粋な少女が、二十数年のときを経て薄汚いジャンキーばばあになってしまったのだ。ごめんなさい、とわたしは涙声でつぶやいた。もちろん彼には聞こえない。もう二度と、彼の心を取り戻すことはできない。ますます泣けた。もう号泣だ。わたしは号泣している。そう思ったらちょっとおかしな気分になったけれど全然笑えなかった。母に泣かれても、娘に泣かれても何も感じなかったのに、大昔にたった一度ダブルデートしただけの男に冷たくあしらわれただけでこんなに悲しいなんて、わたしの心って一体何なんだろう。誰かを好きになったり、愛したりすることなんてできないと思っていたのに、こんなことで泣けるってことは、少しは人間らしく生きられる可能性があるということなのだろうか。それとも、今までは人間でないふりをしていただけで、わたしはやっぱり子供たちのことを愛しく思っているのだろうか。

アッ君の姿はいつの間にか見えなくなった。でもなぜだか涙が止まらない。泣いている間だけはまともな人間でいられるような気がして、さっきわたしを見つけたときのアッ君のこわばった顔を思い浮かべ続けた。でもいずれ、それはあやふやになってはっきり思い出せなくなってしまうのだろう。もうすでに、子供たちの顔が正しく思い出せないように。

初出
すべてわたしがやりました　FeelLove vol.19（2013 Summer）
オパールの涙　書下ろし
あたたかい我が家　FeelLove vol.9（2010 Spring）「すべての秘密の機械」を改題
運命のストーリー　書下ろし
ホタルの群れは魔法みたいに　FeelLove vol.12（2011 Spring）「悪い女」を改題

切りとり線

あなたにお願い

この本をお読みになって、どんな感想をお持ちでしょうか。次ページの「100字書評」を編集部までいただけたらありがたく存じます。個人名を識別できない形で処理したうえで、今後の企画の参考にさせていただくほか、作者に提供することがあります。

あなたの「100字書評」は新聞・雑誌などを通じて紹介させていただくことがあります。採用の場合は、特製図書カードを差し上げます。

次ページの原稿用紙（コピーしたものでもかまいません）に書評をお書きのうえ、このページを切り取り、左記へお送りください。祥伝社ホームページからも、書き込めます。

〒一〇一—八七〇一　東京都千代田区神田神保町三—三
祥伝社　文芸出版部　文芸編集　編集長　保坂智宏
電話〇三（三二六五）二〇八〇　http://www.shodensha.co.jp/bookreview/

◎本書の購買動機（新聞、雑誌名を記入するか、○をつけてください）

＿＿＿新聞・誌の広告を見て	＿＿＿新聞・誌の書評を見て	好きな作家だから	カバーに惹かれて	タイトルに惹かれて	知人のすすめで

◎最近、印象に残った作品や作家をお書きください

◎その他この本についてご意見がありましたらお書きください

100字書評

すべてわたしがやりました

住所

なまえ

年齢

職業

南 綾子（みなみ あやこ）
1981年愛知県生まれ。2005年「夏がおわる」で第四回「女による女のためのR-18文学賞」大賞を受賞。著書に『ほしいあいたいすきいれて』『ベイビィ、ワンモアタイム』『嘘とエゴ』『夜を駆けるバージン』『マサヒコを思い出せない』『わたしの好きなおじさん』など。

すべてわたしがやりました

平成26年3月20日　　初版第1刷発行

著者――南《みなみ》 綾子《あやこ》
発行者――竹内和芳
発行所――祥伝社《しょうでんしゃ》
〒101-8701 東京都千代田区神田神保町3-3
電話　03-3265-2081（販売）　03-3265-2080（編集）
03-3265-3622（業務）
印刷――堀内印刷
製本――積信堂

ISBN978-4-396-63438-4　C0093
祥伝社のホームページ・http://www.shodensha.co.jp/

旬の作家6名が「運命」を描く、恋愛アンソロジー

人生を変える出会いがきっとある

劇的じゃなくても、ロマンチックじゃなくても
その人があなたの求める〝王子様〟かも？

運命の人はどこですか？

- ★ 飛鳥井千砂
- ★ 彩瀬まる
- ★ 瀬尾まいこ
- ★ 西 加奈子
- ★ 南 綾子
- ★ 柚木麻子

illustration/煙楽

祥伝社文庫